MIRA®

Der Preis dieses Bandes versteht sich einschließlich
der gesetzlichen Mehrwertsteuer.

*Umwelthinweis:*
Dieses Buch wurde auf chlor- und säurefreiem Papier gedruckt.

*Emilie Richards*

# Sehnsucht nach deiner Zärtlichkeit

Roman

Aus dem Amerikanischen von
Charlotte Korber

MIRA® TASCHENBUCH
Band 25469
1. Auflage: April 2010

MIRA® TASCHENBÜCHER
erscheinen in der Cora Verlag GmbH & Co. KG,
Valentinskamp 24, 20350 Hamburg

Deutsche Taschenbucherstausgabe



Konzeption/Reihengestaltung: fredebold&partner gmbh, Köln
Umschlaggestaltung: pecher und soiron, Köln
Redaktion: Claudia Wuttke
Titelabbildung: getty images GmbH, München / pecher und soiron, Köln
Autorenfoto: © Harlequin Enterprise S.A., Schweiz
Satz: Buch-Werkstatt GmbH, Bad Aibling
Druck und Bindearbeiten: CPI – Ebner & Spiegel, Ulm
Printed in Germany
Dieses Buch wurde auf FSC-zertifiziertem Papier gedruckt.
ISBN 978-3-89941-766-1

www.mira-taschenbuch.de

# 1. KAPITEL

Mit ausgebreiteten Armen stand Tina Fielding früh am Strand und begrüßte die aufgehende Sonne. Zögernd zeigten sich die ersten rotgoldenen Strahlen. Seit ihrer Ankunft auf den Inseln von Hawaii vor drei Monaten hatte Tina dieses Ritual nicht ein einziges Mal versäumt.

Sie erinnerte sich an den ersten Morgen, an dem sie auf dem Balkon ihres Wolkenkratzerhotels in Waikiki gestanden und zugeschaut hatte, wie die Häuser von Oahu im leuchtenden Gold der Morgensonne glänzten. Damals hatte sie geglaubt, es könne auf der ganzen Welt nichts Schöneres geben.

Inzwischen wusste sie, dass sie sich geirrt hatte. Dieser Strand, an dem sie jetzt stand, meilenweit von Waikiki entfernt, war das Schönste, was sie je gesehen hatte. Das Sonnenlicht fiel auf Palmen und Berge, funkelte auf dem klaren blauen Wasser, ließ exotische Blumen aufleuchten und ergoss sich über den weißen Sand der endlosen, einsamen Strände.

Das einzige von Menschenhand geschaffene Werk hier war ein niedriges Gebäude, das sich der Landschaft in vollkommener Harmonie anpasste. Es stand auf der östlichen Seite der Insel Oahu und war jetzt Tinas Heimat.

Tina stammte ursprünglich aus Kansas. Sie liebte diesen amerikanischen Bundesstaat mit seinen endlosen Ebenen, auf denen Mais und Weizen wuchsen. Die Menschen dort waren freundlich, an harte Arbeit gewöhnt und hielten viel von guter Nachbarschaft. Es gab nichts an Kansas, das Tina nicht gefiel. Es war auch nicht so, dass sie Hawaii mehr liebte. Aber im Moment wurde sie hier, in dem kleinen Aikane-Hotel an der Bucht von Onamahu, dringend gebraucht.

Und dieses Gefühl des Gebrauchtwerdens war ihrer Überzeugung nach das, was dem Leben seinen Sinn gab.

„Ich dachte doch, dass ich dich hier finden würde."

Tina drehte sich überrascht um und schlang im nächsten Augenblick voller Zuneigung die Arme um die rundliche Frau, die unbemerkt hinter sie getreten war.

Ebenso abrupt löste Tina sich wieder von ihr, trat einen Schritt zurück und sah sie vorwurfsvoll an. „Deborah, warum schleichst du dich so an die Leute heran?"

„Wenn du sechs Kinder hättest, würdest du das auch gelernt haben. Nur so erfährt man, was vor sich geht."

Tina lachte. „Ich ziehe zwar nur zwei groß, aber ich weiß schon, was du meinst. Dabei fällt mir ein: Hast du Robin und Lissie mitgebracht?"

„Nein, die schlafen noch. Sie kommen später nach."

„Was ist mit dem Frühstück?"

Deborah stemmte gekränkt die Hände in die ausladenden Hüften, wodurch sich der Stoff ihres rot und grün gemusterten Muumuu – des zur Tracht der Bewohner von Hawaii gehörenden langen Gewandes – aufbauschte. „Habe ich mich jemals damit verspätet?"

„Ich wollte doch nur herausfinden, was es heute gibt."

Deborah lächelte versöhnt. In ihrer Welt existierten nur ganz gute oder ganz böse Menschen. Entweder mochte sie jemanden von vornherein, oder sie lehnte ihn sofort ab. Es gab für sie kaum etwas, das dazwischen lag, und sie änderte ihre Meinung nur selten.

Tina gehörte zu den Menschen, die Deborah sofort in ihr Herz geschlossen hatte. Sie gefiel ihr sehr. Tina hatte ihr Leben in Kansas aufgegeben und war nach Hawaii gekommen, um hier für ihre Stiefschwester und ihren Stiefbruder zu sorgen, obwohl sie die beiden nie gesehen und bis vor kurzer Zeit überhaupt nichts von deren Existenz gewusst hatte.

Jetzt leitete Tina mit großem Geschick das Aikane-Hotel und war schon nach kurzer Zeit bei allen Gästen außerordentlich beliebt. Sie war stets heiter und gut gelaunt und besaß sehr viel Charme.

Auch Deborah war diesem Charme sofort erlegen. Schon nach dem ersten Kennenlernen wäre sie bereit gewesen, alles für ihre neue Freundin zu tun. Davon war sie selbst zunächst etwas überrascht gewesen, hatte dann aber nicht mehr weiter darüber nachgedacht.

„Es gibt Tee, heißes Kokosnussbrot, Obstsalat und weichgekochte Eier“, verriet Deborah.

„Dann habe ich mich nicht getäuscht, als ich heute Morgen aufwachte und das Gefühl hatte, im Paradies zu sein.“

„Oh, ich bin sicher, dass du dieses Gefühl auch in Sibirien hättest. Nach dem Aufwachen wärst du sicher froh darüber, einen Schneemann bauen zu können.“

Deborah machte sich auf den Weg zurück zum Hotel. „Wenn ich mich jetzt nicht beeile, fällt am Ende noch das Frühstück aus.“

„Habe ich dir jemals gesagt, wie froh ich bin, dass du unsere Chefköchin werden wolltest?", rief Tina ihr nach.

„Jeden Tag."

Tina beobachtete, wie Deborah in dem nächstgelegenen Flügel des wie ein großes U gebauten Hotelkomplexes verschwand. Sie bewegte sich beinahe anmutig, und ihre stattliche Figur, die dunkle Haut, das üppige schwarze Haar hatten in Tina immer den Eindruck erweckt, einer der früheren Königinnen von Hawaii gegenüberzustehen. Deborah war für sie ein Teil des ursprünglichen Hawaii, von dem leider fast nichts geblieben war.

Tina wandte sich wieder dem Anblick der aufgehenden Sonne zu und schätzte die Zeit ab. Ein Teil ihres morgendlichen Rituals lag noch vor ihr.

Sie musste jeden Tag hart arbeiten, um das Hotel in Schwung zu halten. Eine Vielzahl von kleinen und größeren Schwierigkeiten war zu überwinden, Wünsche der Hotelgäste waren zu erfüllen, manchmal auch Streitereien zu schlichten. Daneben hatte sie die anstrengende Rolle einer Ersatzmutter für den zehnjährigen Robin und die achtjährige Lissie zu spielen.

Es war ein aufreibendes, verantwortungsvolles Leben. Deshalb hatte sie es sich zur Regel gemacht, jeden Morgen eine gewisse Zeit für sich zu reservieren und den Tag bei Sonnenaufgang entspannt am Meer zu beginnen. Außerdem hatte sie einen herrlichen kleinen Privatstrand in der Nähe entdeckt, an dem sie ganz allein schwimmen konnte.

Es störte sie auch nicht, dass sie einen Metallzaun überklettern und ein üppig bewachsenes Privatgrundstück überqueren musste, um an den Strand zu gelangen. Das hatte sie nun schon seit einigen Wochen getan. Es gab ein Gesetz, nach dem jeder Strand auf Hawaii bis zur Hochwasserlinie öffentlich war. Der Zugang durfte nicht versperrt werden.

Der Strand, der zu dem Grundstück der Watsons gehörte, war zwar für jedermann zugänglich, aber nur über einen Weg, der über zerklüftete Felsen führte. Es war nicht ungefährlich, diesen Weg zu gehen, und erforderte einiges Geschick. So war es bequemer, den illegalen Weg zum Strand einzuschlagen.

Tina war bisher jeden Morgen einige hundert Meter gewandert und dann über den Zaun geklettert. Verglichen mit dem alten Weidenbaum vor dem Fenster ihres Schlafzimmers in Kansas, auf den sie oft gestiegen war, war dieser Zaun ein Kinderspiel für sie. Während der ersten Wochen war auch alles gut gegangen, und niemand hatte sie überrascht. Sie wäre wahrscheinlich auch weiterhin nicht aufgefallen, wenn sie sich nicht eines Tages mit ihrem Lieblingsmuumuu an der Spitze einer Zaunstange verfangen hätte.

Der Verwalter des Grundstücks, ein freundlicher alter Mann, hatte sie entdeckt und ihr geholfen, sich zu befreien. Er war ihr gegenüber sehr nett gewesen. Ganz beiläufig hatte er erwähnt, dass er seine Runde jeden Morgen gegen acht Uhr beginne. „Was sich hier vor acht abspielt, wird in meinen Berichten an Mr. Watson nicht erwähnt“, hatte er gesagt, mit dem Finger grüßend gegen den Rand seines verbeulten Strohhuts getippt und war in dem dichten tropischen Buschwerk verschwunden.

Tina hatte ihn seither nur noch einmal gesehen. Er hatte eines Morgens um sieben Uhr am Tor auf sie gewartet und ihr erzählt, dass Mr. Watson mit einigen Gästen angekommen sei. Und ihr zu verstehen gegeben, für einige Zeit an einen anderen Strand schwimmen zu gehen.

Tina hatte es geschafft, sich zwei Wochen von Mr. Watsons Grundstück fernzuhalten, hatte dann aber jede Vorsicht außer Acht gelassen und seit etwa vier Wochen ihre Besuche über den Zaun wieder aufgenommen, ohne dass etwas passiert war.

Auch jetzt machte sie gerade Anstalten, über den Zaun zu klettern. Sie zog den Saum des Muumuu hoch, legte den unteren Teil zu zwei Schwänzen zusammen und verknotete sie sorgfältig um die Taille. Unter dem Gewand trug sie einen einteiligen Badeanzug.

Der Zaun war eigentlich dafür gedacht, die Grenze des Grundstücks zu markieren, nicht aber, Eindringlinge fernzuhalten. In wenigen Sekunden hatte Tina ihn mühelos überwunden und stand auf der anderen Seite.

Sie war in einem Meer stark duftender Blütenpflanzen gelandet. Tina sog immer wieder genießerisch die Luft ein, bis sie fast benommen war. Sie pflückte eine rosa Blüte von einem Hibiskusstrauch und steckte sie sich ins Haar, während sie zum Strand hinunterwanderte. Die Knoten des Muumuu hatte sie wieder gelöst, und das Gewand schwang locker um ihre Beine. Tina gab sich bewusst Mühe, mit derselben Anmut wie Deborah zu schreiten.

Obwohl Tina bereits dreiundzwanzig war, hatte sie immer noch die lebhafte Fantasie eines Kindes. Während sie so durch die Büsche strich, war sie plötzlich eine polynesische Prinzessin, die in einem tropischen Paradies den geliebten Prinzen erwartet. Als sie sich dem Strand näherte, war sie ein kleines Mädchen, das zum ersten Mal das Meer erblickt. Und nachdem sie den Muumuu abgelegt hatte und in die Wellen tauchte, fühlte sie sich wie eine Meeresgöttin.

In Wirklichkeit blieb sie weiterhin Tina Fielding, teils Frau, teils Kind, teils Wassergeist. Sie hätte sich auch nie gewünscht, etwas anderes zu sein.

Nicholas Chandler saß auf der Veranda im ersten Stock des Landhauses, das George Watson gehörte. Nicholas war von dem sehnlichen Wunsch erfüllt, jemand anders sein zu können, egal wer. Er saß inmitten eines Paradieses, aber er hätte mit jedem getauscht, dessen Name nicht Nicholas Chandler war.

Natürlich gab es eine Menge Leute, die auf diesen Tausch sofort eingehen würden, wenn sie die Gelegenheit dazu bekämen. „Was auch immer an Nicholas Chandlers Lage auszusetzen ist, mit einigen seiner Millionen wäre sie erträglich", würden sie sagen. Aber das war ein gewaltiger Irrtum. Es gab Dinge, die man nicht mit Geld kaufen konnte – einen guten Ruf zum Beispiel oder inneren Frieden, Freiheit.

Nicholas stand auf und trat an die Brüstung der Veranda. Er blickte auf die Bucht von Onamahu hinaus und beobachtete fasziniert, wie das Sonnenlicht auf dem Wasser funkelte. Später am Tag würden am Horizont immer mehr windgeblähte Segel auftauchen. Schwimmer und Surfer würden in der Brandung tollen. Doch an dem kleinen Strand, der zu Georges Watsons Grundstück gehörte, würde niemand schwimmen.

Der gute George hatte ein Stück Land gekauft, dessen Strand nur für sehr kühne Besucher zugänglich war. Das Grundstück lag so abgeschieden, wie es auf Oahu nur möglich war. Nicholas hätte ebenso gut auf einer einsamen Insel sein können.

Diese Aussicht auf völlige Abgeschiedenheit hatte Nicholas dazu bewogen, auf Georges Angebot einzugehen, hier einige Zeit allein zu verbringen. Hawaii war der Ort, an dem er von seiner Heimatstadt am weitesten entfernt war, ohne die Vereinigten Staaten zu verlassen. Denn diese durfte er nicht verlassen.

Es war inzwischen zwar schon drei Wochen her, aber immer noch hörte Nicholas die Worte des Bezirksstaatsanwalts in Boston: „Versuchen Sie nicht, das Land zu verlassen, Chandler. Sie sind noch nicht frei. Und wenn es nach mir geht, werden Sie das auch nie mehr sein."

So war Nicholas nun hier, umgeben von Blumen, deren Namen er nicht kannte, in der Sonne – allein mit seinen Erinnerungen. Wenn er Glück hatte, würden diese Erinnerungen allmählich verblassen. Doch er wusste, dass er sie nie ganz vergessen, dass sie ihn bis an sein Lebensende verfolgen würden.

Eine Begegnung am Strand erregte seine Aufmerksamkeit. Er glaubte, eine schlanke Frau am Wasser gesehen zu haben, war sich aber nicht sicher.

Nicholas ging die Verandatreppe zum Rasen hinunter und schlenderte zum Strand. Niemand war zu sehen. Er war jetzt sicher, dass seine Einbildungskraft ihm einen Streich gespielt hatte. War er schon so weit, dass er das Bild einer Frau heraufbeschwören musste, die plötzlich auftauchen würde, um alle seine Probleme zu lösen?

Nicholas erinnerte sich daran, dass er einem Dasein in Einsamkeit den Vorzug gegeben hatte. Es war jedenfalls einem Leben vorzuziehen, in dem es von Reportern wimmelte. Allein sein war besser, als in den Gesichtern der angeblichen Freunde zu lesen, wie sie ihn verurteilten. Einsamkeit war ein heilsamer, gesunder Zustand, an dem nichts auszusetzen war.

Nicholas blickte auf das Meer hinaus. Falls jemand am Strand gewesen sein sollte, war er sicher inzwischen weit hinausgeschwommen. Die Onamahubucht war gegen die stärkste Brandung geschützt, und an diesem Sommermorgen waren die Wellen besonders sanft. Erst in den kommenden Wintermonaten würde auch hier eine wilde Brandung tosen. Falls jetzt jemand da draußen schwamm, wäre er aus der Ferne nicht mehr zu erkennen.

Nicholas wollte gerade wieder auf die Veranda zurückkehren, da wurde ihm etwas bewusst. Wenn dort eine Frau schwamm, war sie auf jeden Fall ein Eindringling in seine Privatsphäre. Er konnte sie zwar nicht daran hindern, im Meer zu schwimmen. Doch zum Strand konnte sie nur über Watsons Grundstück gelangt sein, also widerrechtlich. Nicholas verglich Eindringlinge stets mit Kaninchen. Wenn man sie gewähren ließ, vermehrten sie sich mit Lichtgeschwindigkeit.

In Nicholas' jetziger Lage war es angebracht, jede Auseinandersetzung zu vermeiden. Doch noch wichtiger war ihm, hier nicht gestört zu werden. Wenn das Grundstück seines Freundes erst zum Tummelplatz für Touristen oder Einheimische wurde, die einen ruhigen Platz zum Schwimmen suchten, dann war es nur noch eine Frage der Zeit, bis ihn jemand sah, erkannte und die Presse auf ihn hetzte.

Diese Vorstellung versetzte Nicholas in Wut. Die traurige Gleichgültigkeit, die ihn seit Wochen erfüllt hatte, war verschwunden. Wenn dort draußen eine Frau schwamm, musste er dafür sorgen, dass sie nie wiederkam. Dieses Grundstück sollte seine alleinige Oase sein, einen ganzen Monat lang. Er wollte sie nicht mit einer Fremden teilen, die sein Leben wieder der unbarmherzigen Öffentlichkeit ausliefern könnte.

Nicholas reckte die Schultern und marschierte entschlossen zum Strand.

Tina war eine ausgezeichnete Schwimmerin. Immer wieder tauchte sie in die Wellen ein. Mit sechzehn war sie Meisterin von Kansas im Schmetterlingsstil geworden. Damals hatte sie jeden Tag stundenlang im Schwimmbad des Motels geübt, das ihrer Mutter gehörte und das sie leitete. Doch das war natürlich nicht mit dem Gefühl zu vergleichen, das ihr die Brandung von Oahu vermittelte.

Tina fühlte sich wie für das Wasser geboren. Sie dachte

oft darüber nach, warum ausgerechnet sie in einer Gegend zur Welt gekommen war, die fern vom Meer lag.

Angenehm müde ließ sich Tina schließlich von den Wellen in Richtung Strand treiben. Als sie das flache Wasser erreicht hatte, ging sie langsam zum Land zurück und rieb sich dabei die Wassertropfen aus den Augen.

Erst als sie den Strand erreicht hatte, bemerkte sie, dass dort ein Mann stand, der auf sie zu warten schien.

Rasch registrierte sie, dass er außerordentlich gut aussah. Er hatte einen Fuß auf ihren Muumuu gesetzt und wirkte wie ein zorniger Vater, der seine minderjährige Tochter erwartet, die abends dreißig Minuten über die vereinbarte Zeit weggeblieben ist.

Der Fremde hatte die Arme vor der Brust verschränkt, was den Eindruck vermittelte, er müsse etwas beschützen. Tina kam langsam näher und betrachtete den Mann dabei genau.

Er war etwa dreißig Jahre alt und hoch gewachsen. Allerdings wirkten die meisten Männer nahezu riesig auf Tina, denn sie war immer klein und zierlich gewesen, was ihr schon früh den Spitznamen „Krabbe“ eingetragen hatte.

Doch dieser Unbekannte musste mindestens einen Meter neunzig groß sein. Er hatte breite Schultern und war kräftig gebaut. Seine Jeans waren über den Knien abgeschnitten und gaben den Blick auf muskulöse Beine frei, die dicht mit blondem Haar bedeckt waren. Ein weißes Netzhemd spannte sich über seine Brust, die wahrscheinlich ebenfalls mit blondem Haar bewachsen war.

„Nun?“, fragte er spöttisch.

Tina sah zu ihm auf. Sein Haar war von der Sonne gebleicht, und er hatte braune Augen unter langen schwarzen Wimpern und eine aristokratische Nase. Trotz seiner spöttischen Miene konnte er seinen gehetzten Gesichtsausdruck nicht verbergen.

Er braucht einen Freund, schoss es Tina durch den Kopf. Sie wusste nicht, wie sie darauf kam, denn sie kannte den Mann ja überhaupt nicht, aber sie hatte bereits beschlossen, dass dieser Freund, den er brauchte, sie sein würde. Wohl zum hundertsten Mal hatte sie die Warnung außer Acht gelassen, mit ihren Beschützerinstinkten vorsichtiger umzugehen. Jetzt, wo sie ihre Entscheidung gefällt hatte, überlegte sie, wie sie auch ihn davon überzeugen konnte, wie sehr er gerade sie brauchte.

„Hallo." Sie lächelte den Mann strahlend an. „Ist das nicht ein herrlicher Morgen?"

Nicholas verschränkte die Arme noch fester vor der Brust. Hatte er tatsächlich geglaubt, diese Frau sei ein Geschöpf seiner Einbildungskraft? Sie war nur allzu wirklich, klein wie ein Teenager und ebenso schlank. Das einzig Erwachsene an ihr war ihr warmherziges Lächeln.

Die junge Frau hatte auffallend schöne, intensiv grüne Augen. Die Nase war gut geschnitten, und nasses dunkles Haar hing ihr zerzaust bis auf die Schultern. Die Fremde war nicht ausgesprochen schön, aber Nicholas musste zugeben, dass sie sehr attraktiv war.

„Nun, finden Sie nicht auch?", fragte Tina nach.

„Was soll ich finden?"

„Dass dies ein herrlicher Morgen ist."

Tina war überrascht gewesen, wie angenehm tief und volltönend die Stimme des Mannes war.

„Was haben Sie hier an meinem Strand zu suchen?“, fragte er jetzt, und Tina musste wohl oder übel auch den deutlichen Unterton von Ärger in seiner Stimme registrieren.

„Sie dürften wohl Mr. Watson sein. Ich dachte, Sie wären zum Festland zurückgekehrt.“

„Ich bin nicht George Watson.“

Tina wartete auf eine Erklärung, bis ihr bewusst wurde, dass sie vergeblich darauf warten würde. „Wer sind Sie dann?“

„Und wer sind Sie?“, fragte er im Gegenzug.

Sie lächelte wieder und streckte ihm die Hand entgegen. „Tina Fielding. Ich leite das Aikane-Hotel.“

Nicholas betrachtete ihre Hand. Die ganze Szene hatte etwas Unwirkliches an sich. Die Wellen, die gegen den Strand schlugen, das tropische Laubwerk, die junge Frau mit dem ausdrucksvollen Gesicht, die ihn erwartungsvoll anschaute.

Er ergriff Tinas Hand nicht, denn er hatte das unwirkliche Gefühl, sich ihr dadurch auszuliefern. „Miss Fielding, gestatten Sie Unbefugten den Zutritt zu Ihrem Hotelgrundstück?“

Sie ließ die Hand sinken. Tina war nicht gekränkt durch die Zurückweisung, im Gegenteil, sie war jetzt nur noch mehr davon überzeugt, dass dieser Mann sie brauchte. War er so einsam, dass er sogar die Wärme eines Händedrucks fürchtete?

„Im Aikane ist mir jeder willkommen“, erklärte sie geduldig. „Wir haben keinen Zaun, und die Nachbarn benutzen unsere Einrichtungen genauso oft wie die Hotelgäste."

„Aber hier sind Eindringlinge nicht willkommen."

„Hier", erwiderte Tina gelassen und deutete auf den Sand zu ihren Füßen, „ist öffentlicher Grund."

„Aber dort", sagte Nicholas mit einer ärgerlichen Handbewegung nach hinten, „ist ein privates Grundstück. Und ich gehe jede Wette ein, dass Sie das überquert haben, um hierher zu gelangen."

„Sie haben mir immer noch nicht gesagt, wie Sie heißen."

Ihr Lächeln blieb gelassen, ihre Stimme heiter.

Nicholas fragte sich, was wohl passieren musste, um Tina Fielding aus der Ruhe zu bringen und ihren Zorn zu erregen. „Sie haben recht, das habe ich nicht getan", antwortete er nervös, was Tina nicht entging.

Sie verstärkte ihr Lächeln. „Finden Sie nicht auch, dass wir uns leichter miteinander unterhalten könnten, wenn Sie ebenfalls einen Namen hätten? Ich könnte mir einen ausdenken, aber vielleicht gefiele er Ihnen nicht."

„Colin", sagte er nach einer kurzen Pause. Das war die Wahrheit. In den ersten einundzwanzig – den besten – Jahren seines Lebens hatten ihn alle Colin genannt. Er war Colin gewesen, bis er Sherry Willington geheiratet hatte, die die Frau von Nicholas Chandler III. sein wollte. Sie war der Meinung gewesen, dass der Name Nicholas mehr gesellschaftliches Ansehen hervorrufen würde als das einfache Colin.

„Colin – und wie weiter?"

„Colin Chan..." Er zögerte kaum merklich. „Channing."

Tina nickte. „Einen besseren Namen hätte ich mir nicht ausdenken können. Er passt zu Ihnen."

„Miss Fielding, es ist mir gleich, ob Ihnen mein Name gefällt. Wir sprachen über Ihr Eindringen auf diesem Grundstück."

„Haben Sie kein schlechtes Gewissen, dass Sie all dies hier für sich allein haben wollen?", schalt sie ihn sanft. „Nichts von der Schönheit dieses Ortes sollte verschwendet werden. Nur Sie und der Verwalter ..." Sie unterbrach sich, weil ihr ein Gedanke kam. „Wo steckt er eigentlich?"

„Er ist nicht mehr da."

Jetzt endlich verstand sie. Colin Channing war jetzt für das Grundstück verantwortlich. Offenbar war der alte Mann, der sie so freundlich behandelt hatte, in den Ruhestand getreten. Colin Channing tat hier also nichts als seinen Job. „Nun, es ist verständlich, dass Sie so aufgebracht reagieren", versuchte sie ihn zu beruhigen. „Sie haben natürlich Angst, Ihre Stellung zu verlieren."

„Miss Fielding ..."

Tina achtete nicht weiter auf ihn. Sie bückte sich und versuchte nun, den Muumuu unter seinem Fuß wegzuziehen. „Hören Sie, Mr. Channing, ich schwimme hier jeden Tag zwischen sieben und acht. Ich betrete das Grundstück nie, wenn Mr. Watson hier ist. Sie brauchen es mir nur rechtzeitig zu sagen, wenn er kommt, und ich werde mich selbstverständlich zurückhalten."

Diese Tina schien tatsächlich zu glauben, sie tue ihm einen Gefallen! Colin stellte seinen Fuß fester auf das mit einem lächerlichen Blumenmuster verzierte Kleidungsstück. „Ich werde Sie jetzt zum Tor begleiten und Sie hinauslassen. Und dann möchte ich Sie auf diesem Grundstück nie wiedersehen."

Tina hob den Kopf und lächelte. „Sie werden mich nicht sehen", versprach sie.

Obwohl er sehr wohl die Zweideutigkeit ihrer Worte zu verstehen geglaubt hatte, hob Colin den Fuß. Tina schüttelte den Sand aus dem Muumuu und zog ihn über.

Colin sah zu, wie ihre zierliche Gestalt unter dem weiten Gewand verschwand. „Sind Sie jetzt fertig?"

Gemeinsam machten sie sich auf den Weg zum Tor.

„Sie sind offensichtlich nicht von der Insel", sagte sie, „sonst wären Sie brauner. Warum sind Sie hier?"

„Um ungestört zu sein."

Sie nickte. Die Antwort passte zu dem Bild von ihm, das sich in ihr formte. „Ich bin aus dem genau entgegengesetzten Grund hier."

Colin interessierten ihre Gründe nicht, aber er ließ sie reden. Wahrscheinlich wäre jeder Versuch, Tina Fielding am Erzählen zu hindern, genauso sinnlos wie das Unterfangen, einen Taifun aufzuhalten.

Während sie den Pfad neben Watsons Haus entlanggingen, fuhr Tina mit ihren Erklärungen fort. „Ich stamme aus Kansas. Bis vor Kurzem bin ich nie anderswo gewesen. Dann kam mein Vater bei einem Autounfall um, und ich fand heraus, dass ich hier auf Hawaii einen Bruder und eine Schwester habe, von deren Existenz ich vorher nichts geahnt hatte.“

Sie machte eine Pause, um Colin die Gelegenheit zu geben, etwas dazu zu sagen. Doch da er schwieg, erzählte sie weiter. „Es klingt verrückt, aber es stellte sich heraus, dass mein Vater eine Doppelehe geführt hat.“ Sie lachte. „Das klingt schlimmer, als es war. Er hat zwei Frauen geheiratet und sich nie scheiden lassen. Er führte zwei Leben, hatte zwei völlig voneinander getrennte Familien. Er war ein sehr beschäftigter Mann.“

Colin ging weiter. Er hatte keine Lust, sich auf Tinas eigenartige Familiengeschichte einzulassen.

„Seine zweite Frau war eine Hawaiianerin, der das Aikane-Hotel gehörte. Sie hatten zwei Kinder zusammen, Robin und Lissie. Mein Vater fand Hotelbesitzerinnen offenbar besonders attraktiv. Er verkaufte Traktoren“, sagte Tina, als erkläre das alles. „Leider starb seine zweite Frau ebenfalls bei dem Unfall. Robin und Lissie hätten bei ihrer Tante Deborah leben können, aber Deborah hat selbst sechs Kinder, und sie ist nicht gerade reich.“

Colin wurde sich bewusst, dass er gegen seinen Willen versuchte, Sinn in diese Geschichte zu bringen.

„Um es kurz zu machen“, endete Tina, „ich beschloss, hierzubleiben und mich um die Kinder zu kümmern. Sie sind sehr liebenswert, aufgeweckt und lebhaft, aber ihnen fehlt Zuwendung, die Deborah ihnen nicht geben kann. Außerdem braucht das Hotel eine energische Hand. Deborah hatte zwar einen Verwalter eingestellt, aber als ich ankam, lief alles durcheinander. Der Bursche, den Deborah engagiert hatte, war völlig hilflos. Das Aikane ist die einzige finanzielle Sicherheit, die die Kinder besitzen. Ich bin also hiergeblieben und sorge nun dafür, dass alles richtig klappt. Mein ganzes Leben lang habe ich meiner Mutter in ihrem Motel geholfen und weiß, was ich zu tun habe", schloss sie selbstbewusst.

Wenn sie bei der Arbeit ebenso viel Energie wie beim Reden aufbringt, muss sie selbst eine völlig heruntergewirtschaftete Firma retten können, dachte Colin. Sie hatten inzwischen das Tor erreicht, und Colin schloss es auf.

„Ich hätte wieder über den Zaun klettern können", sagte Tina. „Es hätte mir nichts ausgemacht."

„Das glaube ich Ihnen unbesehen."

Tina musterte ihn noch einmal aufmerksam. Sie sah sich in ihrer ersten Vermutung bestätigt. Er fühlte sich offensichtlich von irgendetwas oder irgendjemandem verfolgt. Zwar hatte er deutlich gesagt, dass er ungestört sein wolle. Doch ihr war völlig klar, dass er etwas ganz anderes brauchte.

„Colin?"

„Ja?" Er hielt das Tor auf und wartete, dass sie ging.

„Wenn Sie ungestört sein wollen, sind Sie hier am falschen Ort. Die Leute auf der Insel sind besonders freundlich. Übrigens, Leute, die meinen, allein sein zu müssen, brauchen meistens in Wirklichkeit einen Freund. Falls Ihnen das klar wird, rechnen Sie mit mir. Ich werde Ihr Freund sein."

Colin sah ihr nach, während sie wegging. Sie hatte klugerweise nicht auf eine Antwort gewartet. Colin war im

Moment viel zu durcheinander, um etwas erwidern zu können. Noch nie war er jemandem wie Tina Fielding begegnet.

Gedankenverloren verschloss er das Tor wieder sorgfältig. Die Frau war nicht mehr zu sehen. Colin war sich nicht sicher, ob sie überhaupt existiert hatte.

Während Tina zum Hotel zurückging, dachte sie über Colin Channing nach. Sie hätte schwören können, dass ihn ein großes Problem belastete. Er musste eine schwere Zeit hinter sich haben.

Erst vor drei Monaten hatte Tina mit eigenen Augen sehen müssen, wie Kummer einen Menschen verändern kann. Der Schmerz konnte ihn sogar dazu bringen, nichts Gutes mehr an der Welt zu finden. Sie selbst hatte allerdings nie so empfunden. Der Tod ihres Vaters war zwar ein trauriges Ereignis gewesen, doch sie war darüber hinweggekommen.

Für den zehnjährigen Robin war das anders gewesen. Er hatte Vater und Mutter verloren. Seine Welt war zerbrochen, und seither war er zornig und verbittert.

Lissie war es nicht anders ergangen, aber sie hatte die Kraft, ihre Trauer zu überwinden. Sie hörte die Vögel wieder singen, spürte den Wind im Haar, wenn sie am Strand war. Sie würde zurechtkommen. Robin dagegen hatte es sehr viel schwerer.

Colin Channing schien einiges mit Robin gemeinsam zu haben. Ihr kleiner Stiefbruder hatte sich von der Welt abgewandt, die ihm die Eltern genommen hatte. Auch Colin verachtete die Welt. Beide lebten wie in einem Schneckenhaus, in dem nichts und niemand sie berühren konnte.

Colin würde allerdings keine Chance mehr haben, in diesem Schneckenhaus zu bleiben. Tina wusste nämlich schon nach dieser ersten Begegnung, dass sie ihn dort nicht in Ruhe lassen würde. Colin brauchte sie genauso wie Robin und Lissie.

## 2. KAPITEL

Als Tina das Hotelgelände betrat, wusste sie sofort, dass Robin und Lissie wieder da waren. Vom asphaltierten Parkplatz her war das Rumpeln und Rollen von Robins Skateboard zu hören. Er hatte sich einige Rampen gebaut, über die er mit großem Lärm hinwegfuhr. Tina wunderte sich immer wieder, dass sich keiner der Hotelgäste über diesen Krach beschwerte.

Einige der Gäste waren recht streitsüchtig, aber offenbar liebten alle Robin und wollten ihn nicht noch unglücklicher machen, als er ohnehin schon war. Wenn es ihm Spaß machte, stundenlang mit dem Skateboard zu fahren, dann mussten sie das eben ertragen. Diese großzügige Einstellung erleichterte es Tina, die manchmal ziemlich kleinlichen Beschwerden ihrer Gäste hinzunehmen.

An diesem Morgen spielten zwei Jungen auf dem Parkplatz. Robin fuhr voran, und Jeff, einer von Deborahs Söhnen, folgte dicht hinter ihm. Tina beobachtete, wie die beiden geschickt über die Hindernisse sprangen.

Lissie saß im Gras neben der ersten Rampe und sah den Jungen zu. Sie machte sich nichts daraus, mit dem Skateboard zu fahren. Lissie war eine Träumerin. Sie konnte stundenlang im Gras sitzen und ihrem Bruder zuschauen, während sie Ketten aus Blumen und Blättern flocht. Niemand wusste, was sich in ihrer Fantasie abspielte. Doch Tina, die ebenfalls gern träumte, war sich sicher, dass es etwas Produktives war.

Tina liebte beide Kinder, obwohl sie immer noch nicht

glauben konnte, dass sie mit ihnen blutsverwandt war. Äußerlich ähnelten sie einander überhaupt nicht. Lissy sah wie eine Polynesierin aus, obgleich unter ihren Vorfahren mütterlicherseits auch ein irischer Kapitän und ein japanischer Ananaszüchter waren. Ihre Haut hatte die Farbe von Milchkaffee, das Haar war schwarz, die Augen dunkel.

Robin hingegen sah seinem weißen Vater ähnlicher als seiner Mutter. Er hatte dunkelbraunes, lockiges Haar wie Tina, und seine Gesichtsform war europäisch.

Beide Kinder waren bildhübsch, und sie passten nach Hawaii, einem Schmelztiegel für alle möglichen Rassen und Kulturen.

„Robin, Lissie, Jeff!“, rief Tina über den Parkplatz. „Guten Morgen.“

Jeff schaute auf und lächelte ihr zu. Es war eine unausgesprochene Vereinbarung zwischen ihnen, dass sie beide auf ihre Weise versuchen wollten, Robin wieder aufzumuntern. Äußerlich merkte man Robin nichts an. Er verstand es sehr geschickt, mit dem Skateboard über seine Rampen zu fahren, ohne die Balance zu verlieren. Aber seelisch war er weitaus weniger stabil.

Robin warf Tina einen kurzen Blick über die Schulter zu, dann kümmerte er sich nicht mehr um sie und verfolgte seine Bahn weiter. Sein Blick war gleichgültig gewesen, so wie meistens, aber nicht kränkend. Robin hatte Tina nie direkt gesagt, dass er sie nicht mochte. Aber seit sie auf Hawaii war, hatte er ihr auch keinen Anlass gegeben, das Gegenteil zu glauben.

Robin lehnte sie ab und nahm es ihr übel, dass sie so le-

Kaufland
Raiffeisenstraße 2-4
78658 Zimmern ob Rottweil
Tel. 0741/93410
DE163531764

| | | | Preis € |
|---|---|---|---|
| Phono / Ton- / Datenträger | | | |
| DVD | | | 9,99 A |
| Schreibwaren / Presse / Brillen / Saison | | | |
| Buch | | | |
| 2x | 3,99= | 7,98 | 7,98 A |
| Buch | | | 3,49 A |

**Summe 21,46**

Bar 21,46

| Steuer % | Brutto | Netto | Steuer |
|---|---|---|---|
| A-19,00% | 21,46 | 18,03 | 3,43 |

Datum:25.10.12 Uhrzeit:14:11:25 Bon: 00235
Filiale: 40105 Kasse: 1 Bediener: 160

bis zur Forderungsbegleichung in einer InterCard-Sperrdatei gespeichert, sofern ich nicht Rechte aus dem Grundgeschäft (z.B. wg. eines Sachmangels) geltend gemacht habe. Die Sperrdatei sowie die Zahlungsdaten werden **zur Verhinderung von Kartenmissbrauch und Begrenzung des Risikos von Zahlungsausfällen** von InterCard gespeichert und genutzt. **InterCard** erteilt dabei den bei ihr angeschlossenen Unternehmen Empfehlungen, ob eine ec-Lastschriftzahlung akzeptiert werden kann. Weitere Informationen sind im Aushang verfügbar.

**www.intercard.de** **Tel: 0800 – 1044400**

**ec-Lastschrift über InterCard**
Ich ermächtige die Kaufland Dienstleistung GmbH & Co. KG für die Unternehmensgruppe Kaufland (Kaufland) sowie deren Dienstleister, die InterCard AG, Mehlbeerenstr. 4, 82024 Taufkirchen (InterCard), den heute fälligen, umseitigen Betrag vom bezeichneten Konto per Lastschrift einzuziehen und verpflichte mich, für die notwendige Kontodeckung zu sorgen.

**Im Fall einer von mir zu vertretenden Rücklastschrift**
- kann die Forderung an InterCard abgetreten werden;
- ermächtige ich InterCard, den Betrag zzgl. der entstandenen Kosten innerhalb von 45 Tagen erneut von diesem Konto per Lastschrift einzuziehen;
- **weise ich das kartenausgebende Institut an, Kaufland bzw. InterCard meinen Namen und meine Anschrift zur Geltendmachung der Forderung mitzuteilen;**
- verpflichte ich mich, die entstandenen Kosten (z.B. Bearbeitungs- und Anschriftermittlungskosten) zu ersetzen und mit InterCard Kontakt aufzunehmen.

______________________________
Unterschrift (Betrag siehe Vorderseite)

**Datenschutzrechtliche Information**
Meine Zahlungsdaten (Kontonr., BLZ, Kartenverfallsdatum und -folgenr., Datum, Uhrzeit, Betrag, Terminalstandort) werden zur Prüfung und Abwicklung meiner Zahlung **an InterCard übermittelt**.

Wenn eine Lastschrift nicht eingelöst oder widerrufen wurde, wird die Karte bzw. das Konto bis zur Forderungsbegleichung in einer InterCard-Sperrdatei gespeichert, sofern ich nicht Rechte aus dem Grundgeschäft (z.B. wg. eines Sachmangels) geltend gemacht habe. Die Sperrdatei sowie die Zahlungsdaten werden **zur Verhinderung von Kartenmissbrauch und Begrenzung des Risikos von Zahlungsausfällen** von InterCard gespeichert und genutzt. **InterCard** erteilt dabei den bei ihr angeschlossenen Unternehmen Empfehlungen, ob eine ec-Lastschriftzahlung akzeptiert werden kann. Weitere Informationen sind im Aushang verfügbar.

**www.intercard.de** **Tel: 0800 – 1044400**

**ec-Lastschrift über InterCard**
Ich ermächtige die Kaufland Dienstleistung GmbH & Co. KG für die Unternehmensgruppe Kaufland (Kaufland) sowie deren Dienstleister, die InterCard AG, Mehlbeerenstr. 4, 82024 Taufkirchen (InterCard), den heute fälligen, umseitigen Betrag vom bezeichneten Konto per Lastschrift einzuziehen und verpflichte mich, für die notwendige Kontodeckung zu sorgen.

**Im Fall einer von mir zu vertretenden Rücklastschrift**
- kann die Forderung an InterCard abgetreten werden;
- ermächtige ich InterCard, den Betrag zzgl. der entstandenen Kosten innerhalb von 45 Tagen erneut von diesem Konto per Lastschrift einzuziehen;
- **weise ich das kartenausgebende Institut an, Kaufland bzw. InterCard meinen Namen und meine Anschrift zur Geltendmachung der Forderung mitzuteilen;**
- verpflichte ich mich, die entstandenen Kosten (z.B. Bearbeitungs- und Anschriftermittlungskosten) zu ersetzen und mit InterCard Kontakt aufzunehmen.

______________________________
Unterschrift (Betrag siehe Vorderseite)

bendig und freundlich war. Am meisten aber lehnte er sie wegen des Umstandes ab, der sie hierhergebracht hatte. Er konnte ihre Anwesenheit im Aikane einfach nicht von der Tatsache trennen, dass seine Eltern tot waren.

Lissie wartete, bis ihr Bruder an ihr vorbeigefahren war. Erst dann winkte sie Tina zu. Tina konnte nachempfinden, in welchem inneren Widerstreit das kleine Mädchen lebte. Lissie wollte Tinas Liebe annehmen, sie wollte umsorgt und gehätschelt werden. Tina sollte ihr das Haar bürsten und sie abends ins Bett bringen. Lissie wollte wieder Teil einer Familie sein.

Doch zugleich hatte sie das Gefühl, dass ihr Verlangen einen Verrat an ihrem Bruder bedeutete, der von Tina überhaupt nichts wissen wollte. Lissie war zwischen ihren eigenen Bedürfnissen und Robins Haltung hin und her gerissen. Für ein achtjähriges Mädchen bedeutete das eine Krise, die nicht leicht zu bewältigen war.

Tina war sich unsicher, wie sie sich verhalten sollte. Sie wäre gern zu Lissie gegangen, hätte sie gestreichelt und sich dann ein Skateboard ausgeliehen, um die Runde ebenfalls zu versuchen. Doch sie wollte sich nicht vorschnell aufdrängen. So beließ sie es dabei, den Kindern einige aufmunternde Worte zuzurufen, und ging ins Hotel.

Köstlicher Duft aus Deborahs Küche erfüllte die Eingangshalle. Obwohl die meisten Gäste des Aikane das ganze Jahr über im Hotel lebten und Kochnischen in ihren Zimmern hatten, wo sie ihre Mahlzeiten selbst zubereiten konnten, blieben immer noch genügend Gäste und Touristen übrig, die regelmäßig den kleinen Speisesaal des Aikane bevölkerten. Dieser Umstand war Deborahs ausgezeichneten Kochkünsten zu verdanken.

Tina lächelte Glory zu, Deborahs ältester Tochter. Glory war achtzehn und sehr viel zierlicher als ihre Mutter. Sie kümmerte sich um den Empfang und hatte im Aikane eine Reihe von anderen Aufgaben übernommen, die Tina nicht auch noch hätte bewältigen können.

Die fünfzehnjährige Peg, eine andere Tochter Deborahs, half Glory. Die beiden Mädchen verrichteten ihre Arbeit voller Hingabe und mit großem Geschick. Alle Bewohner des Hotels fühlten sich bei ihnen in guten Händen.

Nachdem sie die Liste der Telefonanrufe durchgesehen hatte, die sie zu erwidern hatte, ging Tina in die Küche, wo Deborah und zwei ihrer Söhne das Frühstück für die hungrigen Gäste im Speiseraum zubereiteten. Schweigend schob Deborah Tina einen besonders gut gefüllten Teller zu. Tina setzte sich in eine Ecke und begann zu essen.

Deborahs Speisen waren stets vorzüglich. Aus den einfachsten Zutaten konnte sie die köstlichsten Gerichte bereiten. Ihr Kokosnussbrot war ein Gedicht, der Tee – eine Mischung aus Ananassaft, frischer Pfefferminze, schwarzem Tee und Honig – war in dieser Komposition unvergleichlich köstlich.

Tina nahm sich an Deborah in manchen Dingen ein Beispiel, aber sie hatte bestimmt nicht die Absicht, deren enormen Taillenumfang zu erreichen. Nachdem sie den Teller halb leergegessen hatte, schob sie ihn deshalb von sich und stöhnte. „Jetzt habe ich schon mehr Kalorien zu mir genommen, als ich für den ganzen Tag brauche."

„Du lebst von der Luft, so wie einige Orchideen." Ungerührt fuhr Deborah damit fort, Teller vollzuhäufen und sie ihren Söhnen zu reichen, damit sie sie den Gästen vorsetzten.

Es schmeichelte Tina, mit der edelsten Blume verglichen zu werden. Sie selber hätte sich eher als eine Sonnenblume aus Kansas charakterisiert, tief in der Erde verwurzelt.

„Ich habe gesehen, dass die Kinder wieder da sind, Deborah. Hat es ihnen letzte Nacht bei dir gefallen?"

„Robin gefallt es nirgendwo, aber Lissie schien sich wohlzufühlen. Dennoch hatte ich den Eindruck, dass sich beide hierher zurücksehnten."

„Das ist verständlich. Bei all den Veränderungen, die sie durchmachen mussten, ist nur dieser Ort für sie stets gleich geblieben."

„Das stimmt nicht."

Tina sah zu, wie Deborah den letzten Teller füllte. „Was soll das heißen?"

„Das Aikane hat sich sehr wohl verändert. Es ist nie so gut geführt worden wie jetzt. Meine Schwester hatte nicht die richtige Begabung dafür, so wie du."

Tina nahm dieses Kompliment erstaunt hin. Es war selten, dass Deborah sie lobte.

Deborah fasste Tinas Schweigen als Aufforderung auf weiterzureden. „Meine Mutter hätte gesagt, dass dein Erscheinen hier dem eines wunderschönen Regenbogens nach dem Unwetter gleicht."

„Ich glaube, deine Mutter hätte mir gefallen.“ Tina lächelte Deborah zu und verließ die Küche.

Tina stand unter der Dusche, die zu dem Dreizimmerapartment gehörte, das sie mit Robin und Lissie teilte. Nachdem sie sich abgetrocknet hatte, zog sie ein weites pinkfarbenes T-Shirtkleid an, rieb das Haar mit dem Handtuch trocken und kämmte es. Sie hatte einen arbeitsreichen Tag vor sich und fühlte sich jetzt sehr gestärkt.

Wenig später schon begegnete sie dem ersten Problem. Kaum hatte sie die Empfangshalle betreten, als Glory sie ansprach. „Es tut mir leid, Tina, aber du solltest dich um Mrs. Miraford kümmern. Sie sagt, nur du könntest sie verstehen. Sie möchte, dass du sofort zu ihr kommst.“

Marion Miraford lebte bereits seit zwölf Jahren im Aikane. Sie stammte aus Kalifornien und war ursprünglich nur zu einem Urlaub in das Hotel gekommen. Doch seither hatte sie es nicht mehr verlassen. Zweimal im Jahr bekam sie Besuch von ihren Kindern und Enkeln, und einmal im Jahr unternahm sie pflichtbewusst einen Gegenbesuch in Kalifornien. Die restliche Zeit lebte sie zufrieden in dem behaglichen Hotel und genoss es, umsorgt zu werden.

Was ihr jedoch ständig Kummer bereitete, war ihr Zimmernachbar Charles Gleason. Mr. Gleason war etwa in ihrem Alter, Witwer und ein richtiger Gentleman mit guten Manieren, den das Personal und die Gäste sehr schätzten. Die Gerüchte besagten, dass ihn einst auch Mrs. Miraford geliebt habe. Doch ein Streit, wie er zwischen Liebenden vorkommt, hatte sie getrennt.

Seit nunmehr sieben Monaten hatten die beiden kein Wort mehr miteinander gewechselt. Botschaften zwischen ihnen wurden über Dritte ausgetauscht. Sollte es vorkommen, dass sich Mrs. Miraford mit Mr. Gleason in einem Zimmer befand, sah sie ihn nicht an. Und wenn Mr. Gleason zufällig Mrs. Miraford begegnete, tat er so, als bemerkte er sie nicht.

Tina vermutete sofort, dass Mrs. Mirafords Probleme, welcher Art sie auch sein mochten, unvermeidlich etwas mit Mr. Gleason zu tun haben mussten.

„Was gibt es sonst noch?“, fragte Tina, denn sie hatte den Eindruck, dass Glory etwas bedrückte.

„Eines der Mädchen hat im Zimmer einhunderteins unter dem Bett einen Stapel Magazine gefunden, als es das Zimmer für neue Gäste herrichten wollte.“

„Was ist daran problematisch?“

Glory senkte den Blick. „Du solltest dir die Magazine erst ansehen, Tina.“

„Pack sie doch einfach zusammen, und schick sie dem abgereisten Gast mit der Post nach.“

„Du solltest sie dir erst anschauen.“ Glory zeigte auf das Regal hinter dem Empfangstresen.

Tina bückte sich und blickte in die Schachtel mit den Magazinen. Sofort richtete sie sich errötend auf. „Glaubst du, dass es Leute gibt, die so etwas tun?“, fragte sie beschämt.

Glory, die mit ihren achtzehn Jahren weitaus lebenserfahrener war als Tina, hob nur eine Augenbraue. „Willst du immer noch, dass ich sie nachsende?“

„Verbrenn sie, und lass das Zimmer besonders gründlich reinigen. Sonst noch etwas?“

„Mama sagt, dass wir mehr Wäsche brauchen. Die Sachen werden knapp. Außerdem hat die Wäscherei angerufen und angekündigt, dass sie wieder einmal die Preise erhöhen wird. Sie schicken uns eine Liste.“

„Ich wollte, wir könnten endlich unsere eigene Wäscherei haben. Aber vielleicht schaffen wir das bald. War das alles?“

„Ich habe den Klempner gerufen. In den Zimmern einhundertzehn und zweihundertdreißig tropfen die Wasserhähne im Badezimmer.“

„Ich sehe schon, du kommst sehr gut ohne mich zurecht. Ich kann ruhig wieder an den Strand gehen und den Tag dort verbringen.“ Tina klopfte Glory anerkennend auf die Schulter. „Mach nur so weiter.“

Statt jedoch zum Strand zu gehen, eilte Tina zu Mrs. Mirafords Apartment, das im zweiten Stock lag. Mrs. Miraford wartete bereits ungeduldig auf sie. Noch bevor Tina anklopfte, wurde die Tür geöffnet, und die silberhaarige Dame winkte Tina herein.

„Mir ist der Tee ausgegangen“, sagte sie ohne Umschweife.

Tina blinzelte. Mit Marion Miraford zu sprechen war so, als müsse man eine Geheimschrift entziffern. Sobald man den Code kannte, war das ganz einfach. Sie sprach nie direkt aus, was sie meinte, und man musste selbst auf Umwegen denken können, um sie zu verstehen.

Vorsichtig tastete Tina sich vor. „Erwarten Sie Gäste?“

„In diesem Aufzug?“ Mrs. Miraford breitete die Arme aus. Sie trug ein reizendes blaues Hauskleid.

„Sind Sie krank?“

„Es ist fast zehn Uhr“, erwiderte Mrs. Miraford ungeduldig.

Sie war nicht krank, erwartete keine Gäste, aber um zehn Uhr sollte sich etwas ereignen, das mit einer Tasse Tee verbunden war. Tina dachte fieberhaft nach, doch schließlich gab sie auf und zuckte mit den Schultern. „Soll ich in der Küche anordnen, dass man Ihnen eine Kanne Tee schickt?“

„Nein!“, rief Mrs. Miraford.

„Soll ich zum Laden fahren und Ihnen Tee kaufen?“ Tina sah Mrs. Mirafords Verzweiflung. Die Frau brauchte etwas, doch Tina hatte das Gefühl, dass sie nie herausfinden würde, was es war.

„Dazu ist keine Zeit mehr.“

Tina wusste, dass eine direkte Frage sinnlos war, aber sie versuchte es trotzdem. „Was kann ich für Sie tun?“

„Jeden Tag um zehn trinke ich Tee. Seit zwölf Jahren habe ich jeden Tag auf meinem Balkon gesessen und Jasmintee getrunken – sogar wenn es geregnet hat.“

Tina nickte. Sie kamen der Lösung jetzt näher. „Jasmintee“, wiederholte sie.

„Ja, immer Jasmintee. Verstehen Sie jetzt?“

„Ich habe keinen Jasmintee, die Küche kann Ihnen nur einfachen schwarzen Tee bieten. Würde das nicht genügen?“

„Jasmin.“ Mrs. Miraford wurde immer ungeduldiger.

„Wenn Sie mir sagen, wo ich ihn bekommen kann, beschaffe ich ihn."

Mrs. Miraford presste die Lippen zusammen und machte eine knappe Handbewegung zu dem Apartment nebenan, wo Mr. Gleason wohnte.

Tina hatte verstanden. Sie sollte nach nebenan gehen und bei Mr. Gleason Jasmintee ausleihen. „Ich verstehe. Setzen Sie schon Wasser auf, ich bin gleich wieder da."

Nachdem Tina das Zimmer verlassen hatte, musste sie lachen. Im Aikane würde es nie langweilig sein. Sie konnte sich glücklich schätzen, hier zu arbeiten.

Colin saß auf der Veranda seines Hauses und war damit beschäftigt, sich Tina Fielding als Leiterin eines Hotels vorzustellen, was ihm schwerlich gelang. Seiner Meinung nach würde das Aikane bald zum Verkauf anstehen, falls die junge Frau wirklich für das Hotel verantwortlich war. Schon allein ihr Geplapper würde alle Gäste vertreiben.

Es war ein stürmischer Morgen, und es regnete heftig. Wenigstens heute würde er vor Eindringlingen sicher sein.

Von einem Albtraum geplagt, war Colin an diesem Tag früh aufgewacht. Wieder hatte er von Sherry, seiner Frau, geträumt. Er hatte vor dem Richter gestanden und darauf gewartet, dass der Spruch der Geschworenen verkündet wurde. In diesem Augenblick war die Tür des Gerichtssaals aufgerissen worden. Sherry war hereingestürmt, hatte mit dem Finger auf ihn gezeigt und geschrien: „Er war es. Nicholas Chandler ist mein Mörder." Schweißgebadet war er aufgewacht, dankbar für die Tatsache, dass alles nur ein böser Traum gewesen war. Fest stand allerdings, dass Sherry tot war. Ein Unbekannter hatte sie umgebracht, und Colin war nur deshalb frei, weil einer der zwölf Geschworenen die Beweise nicht für ausreichend hielt, die der Staatsanwalt gegen ihn gesammelt hatte.

Die Sherry in seinem Traum glich nicht der Frau, die er geheiratet hatte. Sie war warmherzig und lieb gewesen, ihre Schönheit hatte ihn sofort angezogen. Doch leider hatte sich herausgestellt, dass er sich geirrt hatte. Schon kurz nach ihrer Hochzeit hatte sie begonnen, sich zu ändern, und ein Jahr später war ihre Ehe bereits zerbrochen. Nur mit Rücksicht auf ihre Familien hatten sie sich nicht scheiden lassen, denn nach außen hin musste die Fassade gewahrt werden.

Zum Ausgleich hatte sich Colin auf seine neue Liebe gestürzt, die Firma „Whiz Kid Computer". Er hatte sie zu einem der erfolgreichsten Unternehmen für Heimcomputer gemacht, die besonders für Kinder bestimmt waren. Bei seiner Tätigkeit hatte er oft an die Kinder gedacht, die er selbst nie haben würde, und hatte dann nur umso eifriger gearbeitet.

Mit Sherrys Tod hatte sich alles geändert, er war für ihn nicht überraschend gekommen. Sie hatte ihr Leben genusssüchtig bis zur Neige ausgekostet und häufig die Freunde gewechselt. Colin hatte sich stets bemüht, die skandalösesten Einzelheiten ihres Lebenswandels zu vertuschen, um ihre und seine Eltern vor schlimmen Enthüllungen zu bewahren.

Dieses Bemühen war ihm zum Verhängnis geworden,

denn dabei hatte er unwissentlich einige Spuren vernichtet, die zur Überführung des Mörders hätten dienen können. Der Bezirksstaatsanwalt hatte unter starkem Druck der Öffentlichkeit geschworen, den Fall aufzuklären. Er hatte sich schließlich auf Colin konzentriert. Colin hatte ein Motiv, denn Sherrys Lebenswandel musste für ihn unerträglich gewesen sein. Für die Tatnacht hatte er kein Alibi, weil er allein zu Hause gearbeitet hatte.

Am meisten hatte ihn belastet, dass er und Sherry sich erst kurz vorher in Anwesenheit einiger Freunde Sherrys gestritten hatten. Sherry hatte ihm dabei vorgeworfen: „Du wünschst dir doch, ich wäre tot, nicht wahr?“ Und er hatte dem zynisch zugestimmt.

Die Tatwaffe, eine Pistole, war auf Colins Namen registriert gewesen. Einer von Sherrys Nachbarn hatte in der Tatnacht jemand auf ihrem Grundstück gesehen, der Colin in Größe und Statur glich.

Der Bezirksstaatsanwalt hatte das alles zu einem dichten Netz zusammengesponnen und Colin wegen Mordes angeklagt. Und fast hätte er dessen Verurteilung erreicht.

Colin sah in der Ferne einen Blitz zucken. Das Unwetter zog ab, der Regen hatte fast aufgehört. Aber die Wellen schlugen noch hoch, die Brandung peitschte gegen die Küste.

Dieses Wetter passte besser zu Colins Stimmung als der Sonnenschein am Tag zuvor. Er hatte zwar einige optimistische Momente, in denen er hoffte, dass er sich eines Tages wieder besser fühlen würde. Doch meistens war er davon überzeugt, dass er nie wieder so sein würde wie früher. Er konnte lediglich versuchen zu überleben.

Er ertappte sich dabei, dass er sich fragte, wie es wohl wäre, wenn er etwas von der Vitalität der jungen Frau hätte, die er am Strand getroffen hatte.

Plötzlich schrak Colin aus seinen Gedanken auf. Er glaubte, seinen Augen nicht zu trauen, als er Tina Fielding am Strand entdeckte. Sie hatte die Arme den Wogen entgegengestreckt, wie eine Priesterin, die ein uraltes Ritual ausführt.

Während er sich noch fragte, ob er träumte, verschwand sie wieder im Meer. Bei dieser Brandung mit mannshohen Wellen war das ein selbstmörderisches Unternehmen. Obwohl Colin nichts mit dieser Frau zu tun haben wollte, konnte er doch nicht riskieren, dass ihr womöglich etwas zustieß.

Früher, vor dem Prozess, war er immer stolz auf seine gute körperliche Verfassung gewesen. Doch als er jetzt zum Strand lief, atmete er schwer. Er hatte sich in der letzten Zeit gehen lassen, was ihm nun schmerzlich bewusst wurde.

Als er das Ufer erreicht hatte, blieb er stehen und hielt fieberhaft Ausschau. Doch er konnte Tina nirgends in dem tosenden und brausenden Meer entdecken. Colin wagte sich nicht vorzustellen, was das bedeuten konnte.

Er erinnerte sich daran, dass sie aus Kansas stammte, also keinerlei Erfahrung mit den Gefahren des Meeres hatte. Er musste sie unbedingt finden, ehe es zu spät war.

Colin lief durch das flache Wasser. Eine starke Unterströmung drohte ihm den Halt zu nehmen. Er dachte voller Angst daran, wie klein und zerbrechlich Tina gewirkt hatte. Schweigend verwünschte er ihre Torheit, und zugleich hoffte er inbrünstig, sie noch retten zu können.

Er tauchte in die Wellen hinein und schwamm mit starken Zügen hinaus, bis er wieder auftauchen musste, um Luft zu holen. Tina war nirgendwo zu entdecken. Wieder und wieder tauchte er, spie zwischendurch Wasser aus und holte Luft.

Es schienen bereits Stunden vergangen zu sein, als er Tina schließlich sah. Reg- und offenbar leblos trieb sie auf einer Welle zum Strand. Sein Herz hämmerte schmerzend in dem Bewusstsein, dass er offenbar zu spät gekommen war. Mit letzter Kraft schwamm er auf sie zu und musste entsetzt mit ansehen, wie die Wellen sie unter sich begruben.

Er pumpte seine schmerzenden Lungen voll Luft und tauchte immer wieder nach ihr, aber vergeblich.

Plötzlich war ihm, als hörte er eine lachende Stimme. „Colin, hierher!“

Hastig drehte er sich zur Seite und wischte sich das Salzwasser aus den Augen.

Tina trieb wenige Meter vor ihm auf einer Woge und schien auf einmal quicklebendig. Sie nickte Colin neckend zu, verschwand in den Wellen und tauchte dicht neben ihm wieder auf. „Hallo“, sagte sie gleichmütig. „Wollen wir jetzt einmal die Rollen vertauschen, und ich suche Sie?“

Man musste schon sehr verrückt sein, um in dieser wilden Brandung Versteck zu spielen. Doch während Colin Tina mit ungläubiger Miene anstarrte, war er sich plötzlich sicher, dass sie tatsächlich so verrückt war. Und schlimmer noch, sie zählte ihn zu ihresgleichen.

„Sie gehören in eine Gummizelle!“, rief er empört und packte sie am Handgelenk. „Sie hätten hier draußen ertrinken können!“

Tina war überrascht über Colins Wut. Sie konnte nicht verstehen, dass er das, was für sie nur ein lustiges Spiel gewesen war, ernst genommen hatte. Sie liebte es, bei stürmischem Wetter im Meer zu schwimmen, und sie fühlte sich jetzt erfrischt und munter.

„Haben Sie mich verstanden?“, rief Colin und ließ sie los.

„Warum sind Sie nur so ärgerlich?“

„Sie werden noch ertrinken.“

Tina achtete nicht auf die riesige Welle, die von hinten auf sie zurollte und sie unter sich begrub. Nachdem Tina wieder aufgetaucht war, war Colin einige Meter von ihr entfernt. „Ich ertrinke schon nicht“, rief sie. „Wahrscheinlich kann ich besser schwimmen als Sie.“ Sie tauchte erneut und ließ sich von der Strömung in Richtung Strand ziehen. Nach einigen Metern kam sie wieder an die Oberfläche. Colin war nirgends zu sehen. Tina wollte gerade besorgt nach ihm suchen, da spürte sie plötzlich seine Hand auf ihrer Schulter. „Sie schwimmen jetzt zum Strand, oder ich bringe Sie mit Gewalt dorthin“, drohte er.

Am Ufer angelangt, ließ sich Colin schwer atmend in den Sand fallen. Sein Herz raste bis zum Zerspringen.

Tina setzte sich neben ihn und betrachtete ihn. „Schwimmen Sie immer in voller Kleidung? Ich fürchte, Sie haben Ihr Hemd ruiniert.“

Colin widerstand mühsam dem Drang, Tina zu packen und durchzuschütteln.

„Sie schwimmen gar nicht schlecht“, fuhr Tina fort. „Aber mir scheint, Sie sind außer Übung. Bei diesem Wellengang sollten Sie lieber nicht ins Wasser gehen.“

Colin hatte alle Mühe, die Beherrschung zu bewahren. „Hat Ihnen schon mal jemand gesagt, dass Sie zu viel reden?“

Tina nahm die Frage ernst und dachte einen Moment nach. „Ja, einmal, in der zweiten Klasse. Da hat einer meiner Lehrer gesagt, ich sei ein ganz schlimmes Plappermaul. Ich brauchte mehrere Tage, bis ich herausfand, was er damit meinte.“

„Ich hatte Ihnen doch gestern erklärt, dass ich Sie an diesem Strand nicht mehr sehen will.“

„Und ich habe Ihnen erklärt, um welche Zeit ich schwimme, sodass Sie mir aus dem Weg gehen können.“

Colin setzte sich auf. „Wenn Sie noch einmal Watsons Grundstück betreten“, sagte er langsam und betonte dabei jedes Wort, „werde ich die Polizei rufen und Sie festnehmen lassen.“

Tina musterte ihn, um herauszufinden, ob er seine Drohung ernst meinte. Offensichtlich tat er das. „Haben Sie sich jemals überlegt, welchen Einfluss die innere Einstellung eines Menschen auf seine Gesundheit haben kann?“, fragte sie spöttisch.

Colin sah sie verständnislos an.

„Ich mache mir Ihretwegen wirklich Sorgen, Colin. Wenn Sie alle Dinge zu ernst nehmen, kann sich das ungünstig auf das Herz auswirken. Falls Sie sich weiterhin über jede Kleinigkeit aufregen wollen, werden Sie noch als Frühinvalide enden."

Colin war sich bewusst, dass Tina das offensichtlich ehrlich meinte. Sie schien ihm in ihrer besonderen Art wirklich einmalig zu sein. „Wenn Sie dieses Grundstück noch ein einziges Mal betreten, können Sie zusehen, wie ich einen Herzanfall bekomme", versprach er. „Das wird Sie hoffentlich nicht so kaltlassen." Er stand auf.

„Wenigstens unterdrücken Sie Ihre Gefühle nicht."

„Ich bringe Sie jetzt zum Vordertor, und dann verschwinden Sie zum allerletzten Mal von hier."

„Das ist nicht nötig. Ich kann …"

„Es ist nötig!"

Tina hatte Colin nicht zornig machen wollen. Aber nun kam sie zu der Überzeugung, dass ein zorniger Colin besser als ein deprimierter war. Er wirkte plötzlich richtig großartig in seiner Wut. Bisher hatte sie ihn für einen Mann mit Schwierigkeiten gehalten. Doch jetzt, zum ersten Mal, sah sie in ihm nur den Mann. Und einen ganz ungewöhnlichen Mann dazu!

Sein Gesichtsausdruck wirkte energisch. Das nasse T-Shirt klebte eng an seiner breiten Brust, und er hatte die schlanken Finger in die Gürtelschlaufen seiner Shorts gesteckt. Er sah so überwältigend aus, dass Tina wie gebannt auf ihn zuschritt.

„Miss Fielding!", riss Colins Stimme sie jäh aus ihrer Verzückung, als sie nur noch eine Handbreit von dem attraktivsten Mann entfernt war, dem sie jemals begegnet war. Plötzlich kam sie sich in ihrem Badeanzug ganz nackt vor. Vorsichtig schaute sie zur Seite, konnte ihren Muumuu aber nirgends entdecken. Offensichtlich hatte der Sturm ihn mit sich fortgerissen.

„Was haben Sie vor?“

„Meinen Muumuu suchen.“

Er hielt sie fest. „O nein, das tun Sie nicht. Sie verschwinden hier auf dem kürzesten Weg, junge Dame.“

„Aber mein ...“

„Ihr Pech.“ Colin schob Tina vor sich her, ohne sie loszulassen. Er hatte Angst, dass sie ein neues Spiel mit ihm beginnen und ihm über den Strand weglaufen würde.

Überrascht nahm er wahr, wie zart sich ihre Haut anfühlte. Während er Tina auf den Pfad schob, stießen ihre Hüften aneinander, und zu seinem Unbehagen merkte er, wie sein Körper darauf reagierte. Offensichtlich hatte er schon zu lange keine Frau mehr gehabt, sonst hätte ihn diese Tina Fielding nicht so erregen können.

„Sie brauchen mich nicht so festzuhalten“, protestierte Tina. „Ich komme freiwillig und ruhig mit.“

„Ruhig sein übersteigt Ihre Fähigkeiten.“ Colin ließ ihren Arm los, blieb aber dicht neben ihr, um sie jederzeit wieder festhalten zu können.

„Habe ich Ihnen von Robin erzählt, als ich gestern hier war?“

Statt einer Antwort gab Colin lediglich einen undefinierbaren Laut von sich.

Tina ließ sich nicht beirren. „Wahrscheinlich nicht.

Laufen Sie nicht so schnell, damit ich die Geschichte zu Ende bringen kann, bevor wir das Tor erreichen."

Colin schnaubte nur verächtlich und beschleunigte seinen Schritt.

„Wirklich, Colin, Sie sind nicht gut genug in Form, um dieses Tempo durchzuhalten", mahnte sie ihn. „Nach dem Schwimmen sollten Sie sich schonen. Einen Wettlauf mit mir können Sie aufnehmen, wenn Sie in besserer körperlicher Verfassung sind." Sie ließ ihm keine Zeit zu einer Erwiderung. „Also, Robin ist mein zehnjähriger Bruder. Habe ich Ihnen eigentlich schon erzählt, weshalb ich nach Hawaii gekommen bin?"

„Ersparen Sie es mir bitte, mir das noch einmal anhören zu müssen!"

Tina lachte und tätschelte Colins Arm. „Ich wollte nur sicher sein. Robin hasst es ebenfalls, wenn ich mich wiederhole. Sie und er würden sich bestimmt gut verstehen. Deshalb wollte ich mit Ihnen über ihn reden. Als Robin seine Eltern verlor, kam er zu der Überzeugung, dass die Welt nichts Gutes mehr für ihn bereithält. So zog er sich von allen zurück, um nicht noch einmal verletzt zu werden. Wenn ihm einer von uns näherkommen will, stößt er ihn zurück, besonders mich, weil ich für ihn Ausdruck dafür bin, wie sehr sich sein Leben verändert hat."

Sie hatten das Tor erreicht. Colin schloss auf und öffnete es. „Sind Sie jetzt fertig?"

„Gleich. Ich wollte nur sagen, dass es ganz normal ist zu trauern. Es ist sogar gesund. Aber man sollte nicht allein trauern. Es ist leichter, wenn man seine Gefühle mit einem anderen teilen kann. Deshalb hat Robin jetzt eine so schwere Zeit. Er braucht einen Freund, der versteht, was er durchmacht. Dieser Freund könnten Sie sein."

Colin fragte nicht danach, wie sie auf diese Idee gekommen sei. Er hatte nicht die geringste Lust, überhaupt auf Tinas Überlegungen einzugehen.

„Ich habe zu viel zu tun, um das Kindermädchen für einen zehnjährigen Jungen spielen zu können."

Tina achtete nicht auf seine Worte. „Das Aikane-Hotel veranstaltet einmal im Monat ein Luau, ein Fest. Das nächste findet am kommenden Sonnabend um sechs Uhr statt. Wir haben immer alle sehr viel Spaß, und ich würde mich freuen, wenn Sie mein Gast wären. Sie könnten Robin und Lissie kennenlernen und wären außerdem in einer heiteren Atmosphäre. Sie brauchen die Nähe anderer Menschen, Colin."

„Nein, bestimmt nicht." Er zeigte auf das geöffnete Tor und verbeugte sich spöttisch. „Nach Ihnen, bitte."

Tina verließ das Grundstück und sah zu, wie Colin das Tor hinter ihr verschloss. „Falls Sie Ihre Meinung ändern sollten, meine Einladung gilt immer noch."

„Nein. Und nun hören Sie mir einmal aufmerksam zu. Lassen Sie sich nie wieder auf diesem Grundstück erwischen." Colin fand, dass diese Ermahnung noch nicht deutlich genug war. „Betreten Sie das Grundstück nicht noch einmal. Was ich über die Polizei sagte, war mein voller Ernst. Ich will Sie hier nicht haben, Tina Fielding, und ich will nicht in Ihre Probleme verwickelt werden."

Endlich einmal schien Tina von seinen Worten beeindruckt, und sie sah ihn besorgt an. „Ich verstehe", erwiderte sie schließlich. „Es tut mir leid, Colin, ich werde Sie nicht noch einmal belästigen." Sie drehte sich um und ging die Straße entlang, die zum Aikane-Hotel führte.

Colin sah ihr lange nach. Erst als sie außer Sicht war, begann er darüber nachzudenken, was für ein Mensch er geworden war.

## 3. KAPITEL

Am Sonnabendmorgen wachte Tina schon früh auf. Wenn sie gleich aufstehen würde, blieb ihr noch genug Zeit, um zu schwimmen, bevor Robin und Lissie wach wurden. Seit ihrer Auseinandersetzung mit Colin war sie nicht mehr schwimmen gegangen. Sie hatte zwar am öffentlichen Strand ihr Ritual fortsetzen wollen, aber irgendwie war sie nicht mehr in der Stimmung dazu gewesen. So ging es ihr auch an diesem Morgen.

Während der vergangenen Tage hatte sie nicht über Colins Ablehnung und auch nicht über das eindeutige Ende einer Beziehung nachdenken wollen, die noch nicht richtig begonnen hatte. Das hatte ein Gefühl von Leere in ihr erzeugt.

Tina wusste, dass es für sie nicht nur um den Verlust einer möglichen Freundschaft ging. Sie hatte sich von Colin angezogen gefühlt, und das war eine neue, angenehme Erfahrung für sie gewesen. Bisher hatte sie sich keine Gedanken über Männer gemacht. Sie war immer davon ausgegangen, dass der Richtige schon zur richtigen Zeit auftauchen würde.

Bei ihrer Begegnung mit Colin am Strand hatte sie jedoch etwas empfunden, das sie bis jetzt nicht gekannt hatte. Sie bedauerte, dass sie nun nie mehr die Chance haben würde, dieses Gefühl richtig zu verstehen.

Entschlossen verbannte Tina Colin aus ihren Gedanken. Statt im Meer zu schwimmen, kühlte sie sich rasch unter der Dusche ab. Dann schaute sie nach den Kindern, die beide noch fest schliefen. An Robins Tür zögerte Tina. Sie fragte sich immer wieder, ob sie wohl genug für ihren kleinen Bruder tat. Sie hatte keine Übung darin, ältere Schwester oder Muttterersatz zu sein. Würde sie Robin in dieser schwierigen Zeit seines Lebens unterstützen können? Aber es half nichts, sich darüber zu viele Gedanken zu machen. Heute hoffte sie, dass sie Robin mit einer Überraschung, die sie seit ein paar Tagen vorbereitete, eine Freude machen würde.

Deborah hatte ihr einen Stoff mit einem Muster aus blauen und roten Blumen gegeben. Tina war eine geschickte Schneiderin und hatte daraus Kostüme für beide Kinder entworfen und genäht.

Robin sollte lange Surfershorts und ein Aloha-Hemd bekommen. Für Lissie hatte sie einen Wickelrock und eine weiße Bluse angefertigt. Es war sogar noch genug Stoff für einen Pareo, ein großes rechteckiges Tuch, wie es auf der Insel Tahiti getragen wurde, für Tina übriggeblieben.

Fast alle Kleidungsstücke waren fertig, und sie musste nur noch die Säume vernähen und die Knöpfe befestigen.

Tina hatte gerade die Arbeit an Lissies Rock beendet, als das kleine Mädchen zu ihr ins Wohnzimmer kam. Lissie lächelte Tina an und sah sich dann im Zimmer um. Sie wollte sicher sein, dass Robin nicht hier war.

„Hallo."

„Hallo, du Schlafmütze."

„Du bist nicht schwimmen gegangen."

„Ich wollte dies erst fertig haben." Tina hielt den Rock hoch. „Gefällt er dir?"

„Er ist hübsch."

„Der Rock gehört dir."

Lissie kam näher und streckte die Hand aus. „Wirklich?"

„Ja. Ich habe auch eine Bluse für dich, die dazu passt. Willst du die Sachen anprobieren?"

„Woher hast du das?"

„Deine Tante Deborah hat mir den Stoff gegeben, und ich habe die Sachen genäht."

„Meine Mami hat früher auch für mich genäht." Lissie hielt sich den Rock an die Taille.

„Du hast schöne Kleider. Sie war eine gute Schneiderin."

Lissie nickte. „Ich werde dies anziehen." Sie wartete, bis Tina ihr die Bluse gegeben hatte, und verschwand in ihrem Zimmer.

Als sie zurückkam, stellte Tina erfreut fest, dass Rock und Bluse gut passten. Hoffentlich hatte sie mit Robin ebenso viel Glück. „Du siehst wirklich toll aus."

„Kann ich das heute Abend anziehen?"

„Natürlich." Tina strich dem kleinen Mädchen über das Haar. „Willst du jetzt frühstücken?"

Lissie trat nachdenklich von einem Bein aufs andere. Plötzlich lief sie zu Tina und schlang ihr die Arme um den Nacken. „Ich danke dir", flüsterte sie.

„Lissie!" Robin stand an der Tür und sah seine Schwester vorwurfsvoll an.

Tina spürte, wie sich das kleine Mädchen versteifte. Lissie sehnte sich nach der Liebe ihrer großen Schwester, aber sie wollte nicht die Liebe ihres Bruders aufs Spiel setzen. Robin war alles, was sie mit ihrer Vergangenheit verband.

„Robin", sagte Tina ruhig, „ich kann nichts dagegen tun, wenn du mich nicht magst. Aber es ist nicht in Ordnung, wenn du Lissie davon abhalten willst, meine Freundin zu sein. Sie braucht uns beide, und es ist selbstsüchtig von dir, wenn du sie unglücklich machst."

Robin ging wortlos in sein Zimmer und schlug die Tür hinter sich zu. Tina seufzte. Sie wäre am liebsten ins Bett gegangen, um den Tag dann noch mal von vorne zu beginnen.

„Es tut mir leid, Lissie. Ich wollte nicht, dass Robin böse mit dir ist."

„Robin ist mit jedem böse." Lissie glättete eine unsichtbare Falte an ihrem Rock.

„Ich weiß."

„Für wen ist das?" Lissie zeigte auf das Sofa, wo der restliche Stoff lag.

„Für Robin und für mich. Ich habe auch ein Kleid für mich genäht."

„Es ist besser, wenn ich Robin seine Sachen gebe. Von dir wird er sie nicht annehmen."

Tina dachte an Mr. Gleason und Mrs. Miraford. Würde Lissie jetzt Botschaften zwischen ihr – Tina – und Robin vermitteln, wie es das Hotelpersonal mit dem zerstrittenen Paar tat? Das durfte sie nicht zulassen. „Lass nur, Lissie, ich gebe sie ihm. Vielleicht wird er die Sachen nicht tragen wollen, aber falls er seine Meinung ändert, hat er sie wenigstens."

Lissie schien erleichtert. „Trägst du dein Kleid heute Abend?"

Tina nickte. „Pflückst du mir eine Blume, die ich mir ins Haar stecken kann, Lissie?"

„Ja. Ich zeige Tante Deborah jetzt, was du für mich genäht hast, und dann frühstücke ich." Sie verschwand.

Tina nähte den letzten Knopf an Robins Hemd, dann klopfte sie an seine Tür. Nach kurzem Zögern trat sie schließlich ein. Robin saß auf einem Stuhl und starrte aus dem Fenster.

„Ich habe dir etwas gebracht, Robin."

„Ich will es nicht haben."

„Das weiß ich."

Robin schwieg, drehte sich aber zu Tina um.

„Meine Mutter sagte immer, wenn man jemand wirklich liebt, soll man es ihm zeigen. Es genügt nicht, es ihm nur zu sagen. Deshalb habe ich etwas für dich gemacht, Robin, um dir zu zeigen, dass ich dich mag. Ich weiß, dass du noch nicht so weit bist, um diese Liebe zu erwidern. Das ist auch in Ordnung. Aber es würde mich freuen, wenn du dies trotzdem annehmen und es heute Abend tragen würdest."

„Warum bist du zu uns gekommen?", fragte Robin, ohne auf ihre Worte einzugehen.

Tina dachte an die vielen Gründe dafür und wählte die beiden aus, die ihr am wichtigsten schienen.

„Weil du und Lissie mich braucht. Und weil ich euch ebenfalls brauche."

„Ich will dich hier nicht haben."

„Das weiß ich. Du willst, dass alles so ist, wie es war. Aber das geht nicht."

Robin schaute wieder aus dem Fenster.

Tina betrachtete ihn nachdenklich, dann verließ sie das Zimmer und schloss die Tür leise hinter sich. Robins Hemd und die Shorts ließ sie auf dem Küchentisch liegen.

Die nächsten Stunden vergingen für Tina und das Hotelpersonal wie im Fluge. Die Vorbereitungen für das Luau nahmen ihre Zeit voll in Anspruch.

Zu einem traditionellen Luau gehörte ein Kalua-Schwein, ein ganzes Ferkel, das in Blätter gehüllt und in einer speziellen unterirdischen Grube gebraten wurde. Dazu gab es Poi, einen Brei, der aus den Wurzeln der Taropflanze zubereitet wurde. Diese Spezialität war nicht jedermanns Sache. Außerdem wurden frische Ananas, Papayas und Mangos geboten.

Zu Tinas Ehren sollte es an diesem Abend zusätzlich zweihundert geröstete Maiskolben geben, ferner süße Kartoffeln, Hühner-Luau und Lomi-Lomi-Lachs.

Rund um den Swimmingpool wurden Fackeln aufgestellt, die das grelle elektrische Licht ersetzen sollten. Zweige mit zahlreichen Bougainvilleablüten und korallenfarbigen Hibiskusblüten wurden für die aufwendige Dekoration der Tische verwendet, auf denen das Büfett kunstvoll angerichtet wurde.

Für die Hawaii-Kapelle war eine Bühne aufgebaut worden. Die Musiker sollten während des Essens spielen und auch danach, falls jemand den Hula tanzen wollte.

Tina liebte die Luaus im Aikane-Hotel, weil sich bei dieser Gelegenheit jeden Monat einmal alle Gäste trafen. Die Feste verliehen dem Hotel eine familiäre Atmosphäre. Menschen, die regelmäßig miteinander feierten, gingen freundlicher miteinander um, falls es einmal Streit gab. Für die anderen, die nur kurze Zeit hier waren, bedeutete ein Luau etwas, wovon sie zu Hause erzählen konnten. Vielleicht beeinflusste das den einen oder anderen, eines Tages für immer auf die Inseln zu kommen.

Sosehr Tina die Luaus auch schätzte, die damit verbundene zusätzliche Arbeit gefiel ihr weniger. An eine Unzahl von Kleinigkeiten musste dabei gedacht werden. Und sosehr Tina sich auch abmühte, um fünf Uhr nachmittags waren immer hoch viele Dinge unerledigt.

Sie war gerade damit beschäftigt, dem Gärtner beim Aufstellen der Stühle zu helfen, und hörte ihm geduldig zu, als er sich über die schlecht funktionierende Bewässerungsanlage beschwerte. So nahm sie Glory, die kam, um ihr zu helfen, kaum wahr.

„Geh unter die Dusche, Tina. Ich erledige das hier."

Tina sah sie dankbar an. „Macht dir das auch nichts aus?"

„Gar nichts." Glory hatte sich bereits für das Luau angekleidet. Sie trug einen grünen Holomuu – eine engere Variante des Muumuu –, der ihre wohlgeformte Figur betonte. Um den Hals hatte sie zwei Kränze aus rosa Blüten gelegt, und ein dazu passender Blütenkranz thronte auf ihrem schwarzen Haar.

„Wenn ich nach dem Duschen so schön aussehen könnte wie du, würde ich glücklich sterben können“, sagte Tina.

„Du wirst danach wie unsere Tina aussehen – äußerst charmant.“

„Weißt du was? Das nächste Mal, wenn ich einen wunderbaren Mann treffe, bringe ich dich hierher, und du sagst ihm, wie charmant ich bin – nur für den Fall, dass ihm das noch nicht selber aufgefallen sein sollte.“

Natürlich dachte Tina dabei an Colin Channing und musste über sich selbst lächeln. Es würde mehr brauchen als Glorys Worte, um Colin klarzumachen, wie charmant sie war. Der Mann hielt sie offensichtlich für verrückt, obwohl Tina sich nicht vorstellen konnte, welchen Grund er dafür hatte. Als sie jedoch an seine drohenden Worte beim Abschied dachte, wurde sie wieder ernst.

„Tina! Zu welchem Stern bist du jetzt wieder unterwegs?“

Tina riss sich von dem Gedanken an Colin los. „Ich bin schon zurück auf der Erde. Ich gehe dann rasch duschen. Vielen Dank, Glory.“

Tina duschte und zog ihren Pareo an. Es gab Dutzende von Arten, dieses anmutige viereckige Tuch zu tragen. Tina wählte die einfachste. Sie schlang zwei Enden um den Nacken und ließ den Pareo in weichen Wellen auf den Boden fließen. Zum Schluss band sie sich einen Strohgürtel um die Taille.

Nach einem Blick in den Spiegel kam sie zu dem Ergebnis, dass sie noch mehr für ihr Äußeres tun müsse. Das bezaubernde einfache Kleidungsstück verdiente mehr als nasses krauses Haar und ein ungeschminktes Gesicht. Tina trocknete das Haar mit dem Fön und wickelte es dabei um eine Bürste. In weichen Locken schmiegte es sich danach um ihr Gesicht.

Die vergangenen Monate auf der Insel Oahu hatten ihrer Haut eine tiefe Sonnenbräune verliehen. So genügten jetzt ein wenig Lidschatten und Lippenstift, und als Tina sich schließlich noch einmal im Spiegel begutachtete, war sie mit dem Ergebnis zufrieden. Diese Tina Fielding sah nun wirklich sehr charmant aus.

Lissie kam herein, um sich umzuziehen. Sie hatte Tina einige zarte weiße Ingwerblüten mitgebracht, die sie sich ins Haar stecken sollte. Aus weiteren Ingwerblüten hatte sie einen Kranz geflochten.

Tina half ihrer kleinen Schwester und machte ihr Komplimente über ihr gutes Aussehen. Schließlich umarmte Lissie sie zum zweiten Mal an diesem Tag.

Draußen stand die Sonne schon tief am Horizont. Es würde allerdings noch eine Stunde vergehen, bis es dunkel wurde. Die Gäste hatten sich bereits in Erwartung des Festes zu versammeln begonnen. Die meisten hatten gefüllte Gläser mitgebracht. Sie plauderten mit ihren Nachbarn und genossen die Gesellschaft, bis das Fest endlich begann.

Tina begrüßte jeden einzelnen mit Namen. Sie nahm ein Getränk von Mr. Gleason an, etwas Exotisches, das er aus dem Saft der Passionsfrucht und einem Schuss Rum gemixt hatte, und neckte ihn mit der Behauptung, er wolle sie auf Abwege führen. Bald war sie von älteren Männern umgeben, die alle von ihrem natürlichen Lachen bezaubert waren.

Der Abend versprach ein Erfolg zu werden. Während Tina mit den Hotelgästen plauderte und scherzte, verblassten die Zweifel, mit denen sie den Tag begonnen hatte. Vielleicht würde es eines Tages auch einen Mann geben, mit dem sie ihr Leben teilen und dem sie ihre Liebe schenken konnte.

Sollte dieser Mann ein wenig wie Colin Channing aussehen und sie genauso beunruhigen wie er, wäre ihr das nur recht. Doch sie wollte sich nicht den schönen Abend mit solchen Gedanken verderben. Übermütig stürzte sie sich ins Partygetümmel.

Colin stand im Schatten des Nordflügels des Aikane-Hotels und beobachtete die Gäste in dem tropischen Garten und um den Swimmingpool herum. Unverkennbar war dies der Ort, wo der Luau stattfand. Aber ebenso unverkennbar war er zu spät gekommen. Er hatte hier sein wollen, bevor das Fest begann, sich bei Tina wegen seiner Unhöflichkeit entschuldigen und wieder verschwinden wollen, bis die Gäste eintrafen. Er war früh gekommen, hatte aber nicht damit gerechnet, dass andere noch eher da sein würden.

Unbewusst fasste er an seine sauber rasierte Wange. Ob man ihn sofort als Nicholas Chandler erkennen würde?

Nicholas Chandler hatte einen kurzgeschnittenen Kinnbart und einen Schnurrbart getragen. Colin Channing tat das nicht.

Natürlich würde ihn jeder, der ihn gut kannte, sofort erkennen. Doch diejenigen, die sein Bild nur in der Zeitung gesehen hatten, würden nicht wissen, wer er war, und ihm daher keine Fragen stellen.

So schmerzlich das Eingeständnis auch war, aber Tina hatte recht gehabt. Er brauchte jetzt andere Menschen, die ihn davor bewahrten, aus Einsamkeit ein verbitterter Mann zu werden. Möglicherweise würde er nie wieder so lebenslustig und unbeschwert werden wie vor seiner Ehe mit Sherry. Aber er wollte sich auch nicht in rigoroser Abweisung vergraben. Hohn und Zurückweisung gab es bereits mehr als genug im Leben. Und er hatte auf einmal wieder den Willen, das Beste aus seinem Leben zu machen.

Er musste sich eingestehen, dass er nicht nur hierhergekommen war, um sich zu entschuldigen, sondern er wollte auch sehen, ob etwas von Tinas Optimismus auf ihn abfärbte. Er hatte sich nicht in sie verliebt – das wäre wohl kaum möglich gewesen. Aber sie strahlte so viel Ausgeglichenheit und Lebensfreude aus, dass er sich in ihrer Gegenwart lebendiger fühlte. Und das war etwas, worauf er schon längere Zeit nicht mehr zu hoffen gewagt hatte.

Er musste auch zugeben, dass ihn ihre Erzählungen über Robin neugierig gemacht hatten. Sie hatte natürlich nicht wissen können, wie sehr er Kinder liebte und wie groß die Versuchung für ihn war, ihrem Bruder zu helfen.

Tina wusste wahrscheinlich gar nichts über ihn, aber sie hatte einen untrüglichen Instinkt.

Während er über sein unleugbares Interesse an Tina nachdachte, suchte er die Gesellschaft mit seinen Blicken nach ihr ab. Er fragte sich, ob er sie überhaupt wiedererkennen würde.

Die meisten Leute auf der Party waren über fünfzig. Einige liebreizende hawaiische Mädchen befanden sich in der Menge und sprachen mit den Gästen.

In einer Gruppe von älteren Männern stand ein sehr verführerisch aussehendes Mädchen in Inseltracht und flirtete mit ihnen. Selbst aus der Ferne konnte Colin erkennen, wie spontan die Männer auf den weiblichen Charme des Mädchens reagierten.

Er ließ den Blick weiter schweifen, aber er konnte Tina nirgends entdecken. Um alles besser erkennen zu können, trat er aus dem Schatten hervor. In diesem Moment teilte sich die Gruppe der Männer, und die charmante junge Frau drehte sich um.

Colin erkannte sie sofort an ihrem Lächeln, noch bevor er das Gesicht richtig wahrnahm. Schon wieder hatte er eine Frau falsch eingeschätzt. Colin dachte daran, welch hohen Preis er schon einmal dafür hatte zahlen müssen. Als Tina auf ihn zukam und ihn freudig anlächelte, wurde Colin bewusst, dass er wieder mal einem Irrtum erlegen war. Wie hatte er nur Tinas Charme unterschätzen können? Ihm wurde bewusst, dass dies nur der erste von vielen Fehlern war, die ihm bei dieser Frau unterlaufen würden.

Es war nun zu spät wegzugehen.

„Hallo, ich bin so froh, dass Sie sich doch noch entschlossen haben zu kommen." Tina streckte Colin die Hand entgegen und wartete darauf, dass er sie ergriff.

Colins Zögern war nicht zu verkennen. Dann hob er die Hand, umschloss kurz Tinas Finger und ließ sie sofort wieder los. Sein Widerstreben, Tina zu berühren, kam ihm selbst eigenartig vor. Er stammte zwar aus einer steifen Bostoner Familie, hatte aber nie Schwierigkeiten damit gehabt, auf andere Menschen zuzugehen und seine Gefühle offen zu zeigen.

Er hatte die bequemen Intimitäten, die die Ehe bot, dankbar genossen, bis ihm klargeworden war, welcher Art von Frau er sein Herz geöffnet hatte. Dann hatte er – wie viele Generationen von Chandlers vor ihm – gelernt, vorsichtig und zurückhaltend zu sein.

Doch so zurückhaltend wie an diesem Abend war er nie zuvor gewesen, auch nicht, als Sherry noch lebte.

„Ich bin gekommen, um mich bei Ihnen zu entschuldigen."

Tina steckte einen Finger durch ihren Blütenkranz und drehte ihn vorsichtig. „Das war nicht nötig. Es wäre mir lieber, Sie wären gekommen, um sich mit uns zu amüsieren."

„Ich bleibe nicht. Sie sollen nur wissen, dass es mir leidtut, neulich so grob zu Ihnen gewesen zu sein. Ich habe Ihnen auch Ihr Kleid gebracht."

„Manchmal habe ich den Eindruck, dass ich ein Mensch bin, dem gegenüber man leicht grob werden kann. Ich werde mich wohl daran gewöhnen müssen."

Colin war überrascht, dass Tina wusste, wie sie auf andere Menschen wirkte. „Sie können gern jeden Morgen an unserem Strand schwimmen. Ich lasse einen zweiten Schlüssel für das vordere Tor anfertigen, damit Sie nicht mehr über den Zaun zu klettern brauchen.“ Er wandte sich zum Gehen.

„Colin, bitte gehen Sie noch nicht.“ Tina legte ihm die Hand auf den Arm. „Ich meine das ehrlich. Bleiben Sie bei uns. Ich werde Sie auch in Ruhe lassen. Ich weiß, dass Sie mich nur schwer ertragen können, aber ich werde Sie heute Abend bestimmt nicht behelligen. Machen Sie sich mit den Leuten bekannt, trinken Sie etwas, und amüsieren Sie sich. Und später können Sie über mich lachen, wenn ich den Hula vorführe.“

Colin konnte ein Lächeln nicht länger unterdrücken. Er fragte sich, wie lange es wohl her war, dass er zuletzt gelächelt hatte.

„Tina, es liegt nicht an Ihnen ...“ Er zögerte, denn er wusste nicht, was er eigentlich sagen sollte. Dass er Angst hatte, erkannt zu werden? Dass er noch nicht wieder in der Lage war, den Leuten ins Gesicht zu sehen? Beides war die Wahrheit, die er jedoch nicht aussprechen konnte. Hinzu kam, dass Tina ihn über die Maßen verwirrte. Ihre Vitalität erinnerte ihn daran, wie wenig Lebensmut er noch besaß. Außerdem fühlte er sich immer stärker von ihr angezogen, ohne den Grund dafür nennen zu können.

Sie schien sein Zögern zu verstehen. „Versuchen Sie es doch einfach mal mit unserem Luau, ja?“, bat sie ihn sanft. „Sie können jederzeit gehen, wenn Sie wollen. Aber mir würden Sie eine große Freude bereiten, wenn Sie blieben."

„Warum?"

Sie neigte den Kopf leicht zur Seite und schaute ihn an.

„Ich weiß nicht recht", erwiderte sie schließlich. „Ich mag Sie einfach. Den Grund dafür werde ich schon noch herausfinden."

Wenn eine andere Frau das gesagt hätte, wäre das einem unverhüllten Annäherungsversuch gleichgekommen. Doch aus Tinas Mund war es einfach die Wahrheit, wie sie sie sah.

Colin musste lächeln. „Hat Ihre Mutter Sie nicht gewarnt? Wenn Sie einem Mann alles verraten, was Ihnen durch den Kopf geht, kann Sie das in Schwierigkeiten bringen."

Tina dachte über all die Ratschläge nach, die sie von ihrer Mutter bekommen hatte. „Sie sagte immer, Ehrlichkeit währe am längsten – aber andererseits auch, dass Schweigen Gold sei." Sie zuckte mit den Schultern. „Offensichtlich wusste sie selbst nicht, was besser ist."

Plötzlich hörte Tina Deborah ihren Namen rufen.

Sie drehte sich um. Es war Zeit, das Kalua-Schwein aus der Backgrube zu nehmen.

Tina ergriff Colin am Arm. „Hören Sie, Sie könnten sich nützlich machen. Normalerweise sind Deborahs Söhne hier, um das Schwein aus der Grube zu nehmen. Doch heute sind sie alle in Waikiki, um den Touristen das Surfen beizubringen. Würden Sie uns helfen?"

Colin merkte natürlich, dass das ein Vorwand war. Tina

war also nicht darüber erhaben, eine List zu gebrauchen. Er stellte ihre Aufrichtigkeit auf die Probe.

„Auf diese Weise wollen Sie mich hier festhalten, nicht wahr?"

„Natürlich", gab sie ohne Zögern zu. „Bleiben Sie?"

Alles in ihm riet ihm abzulehnen. Er kam sich vor, als stünde er am Rand eines Abgrunds. Aber er hatte auch das Gefühl, dass sich neue Lebenslust in ihm regte, und das war ein wunderbares Gefühl. Also nickte er zustimmend. „Gut. Ich bleibe."

Tina wurde bewusst, dass sie Colin immer noch am Arm hielt. Sie stellte fest, dass seine Haut weich und warm war.

Bedauernd ließ sie die Hand sinken und trat einen Schritt zurück. „Robin hat Deborah versprochen, ihr beim Herausholen des Schweins zu helfen. Kommen Sie, wir suchen ihn. Dann kann er Ihnen zeigen, was zu tun ist."

Die beiden schlenderten wieder zur Partygesellschaft zurück.

Tina stellte ihn einigen Hotelgästen vor, und er nickte höflich. Zu seiner Überraschung und wachsender Erleichterung erkannte ihn niemand.

Als Tina Colin mit Mr. Gleason bekannt machte, bot dieser ihm sofort sein Spezialgetränk an. Während sie sich miteinander unterhielten, tippte sich der ältere Mann mit dem Finger an die Wange. Schließlich leuchteten seine Augen auf. „Ja, ich wusste doch gleich, dass mir an Ihnen etwas bekannt vorkommt", sagte er zu Colin.

Colin spürte, wie sich sein Körper versteifte. „So?"

„Ja. Sie kommen aus Neu-England, aus Massachusetts, wette ich. Ich hatte dort eine Tante. Sie hatte denselben Akzent wie Sie."

„Sie haben recht." Colin trank einen großen Schluck aus seinem Glas.

„Woher genau kommen Sie?"

„Aus der Gegend von Boston."

„Das wusste ich nicht." Tina sah Colin an. „Sie wissen alles über mich, und ich habe Sie nicht einmal gefragt, woher Sie kommen."

„Sie sollten lieber vorsichtig sein, Tina, mein Kind", ermahnte Mr. Gleason sie. „Wenn ein Mann Ihnen nicht sagt, woher er kommt, könnte es sein, dass er sich vor dem Gesetz verbirgt – ein gefährlicher Krimineller." Er zwinkerte ihr zu. „Sie haben hier keinen Vater, der auf Sie aufpassen kann. Da muss ich wohl einspringen."

Mr. Gleason wandte sich an Colin. „Es gibt hier eine ganze Reihe älterer Männer, die auf Tina aufpassen. Sie ist wohlbehütet."

Tina lachte. „Colin ist ein perfekter Gentleman. Er hat mir vor ein paar Tagen sogar das Leben gerettet. Natürlich wäre das nicht nötig gewesen, aber das wusste er nicht. Also zählt es doch, nicht wahr?"

„Wahrscheinlich. Wissen Sie, Mr. Channing, Mädchen wie Tina Fielding gibt es nicht oft. Ja, sie ist wirklich einmalig."

„Mr. Gleason ist mein Beschützer und mein Fan-Club." Tina umarmte ihn herzlich. „Doch jetzt wird es Zeit, dass wir Robin finden und das Schwein aus der Erde holen."

Während Colin Tina folgte, dachte er über das Gespräch mit dem alten Mann nach. Mr. Gleason war der Wahrheit so nahe gekommen, dass Colin sich fragte, ob er nicht doch als Nicholas Chandler erkannt worden war. Es gab nicht wenige, die ihn für einen Mörder hielten.

Die Zeitungen waren voller empörter Berichte gewesen, dass er mangels Beweisen freigesprochen worden war. Man hatte sogar von Bestechung geredet. Colin lebte zwar in einer Gesellschaft, in der alle Menschen gleiche Rechte hatten, doch er hatte erfahren, dass die ganz Reichen – ebenso wie die ganz Armen – keineswegs den anderen glcich waren. Wäre er nicht Nicholas Chandler gewesen, hätte man ihn wahrscheinlich nicht angeklagt.

„Mr. Gleason tut mir leid", unterbrach Tina Colin in seinen Gedanken. „Er behauptet zwar, er sei mein Beschützer, aber in Wirklichkeit will er mich verkuppeln. Jeder hier will das. Kaum taucht ein Mann auf, der zu mir passen könnte, werden die Hotelgäste ganz wild. Sie glauben, Glory und ich seien schon fast zu alt, um noch unverheiratet zu sein. So denken sie sich alle möglichen kleinen Listen aus, um uns mit Männern zusammenzubringen. Mrs. Miraford hat gesagt, zu ihrer Zeit hätte man mich als spätes Mädchen angesehen. Sehe ich denn wie ein spätes Mädchen aus?"

Colin hatte sich daran gewöhnt, von Tina aus seinen düsteren Gedanken gerissen zu werden. „Keineswegs", versicherte er.

„Sie sollten erst Glory sehen." Tina blieb plötzlich stehen. „Ja, Glory sollten Sie wirklich sehen."

„Warum?“ Colin hatte das Gefühl, besser nicht zu fragen, aber er war neugierig geworden. Keine Frau, die er bisher kennengelernt hatte, hatte jeden ihrer Gedanken sofort ausgesprochen. Ein Gespräch mit Tina war so, als könne er direkt in ein weibliches Gehirn schauen. Es war unmöglich, davon nicht fasziniert zu sein.

„Glory ist außerordentlich schön. Es gibt wohl keine Frau auf der ganzen Welt, die sich mit ihr vergleichen könnte.“

„Und?“

„Sie ist eine Orchidee – und ich eine Sonnenblume.“

„Das klingt überzeugend.“ Colin lachte.

„Nun ja, es kommt auf den Geschmack an – was man bevorzugt.“ Tina musterte Colins Gesichtsausdruck. „Vielleicht mögen Sie beide. Das wäre sehr gut, denn Glory wäre sicherlich ebenfalls gern Ihre Freundin. Falls Sie aber Orchideen lieber mögen, sollte ich Sie gleich Glory vorstellen. Das könnte uns allen viel Zeit ersparen.“

Colin schüttelte verwirrt den Kopf.

„Mr. Gleason ist schlauer als ich. Ich hätte gleich merken sollen, dass Sie aus Massachusetts kommen. Vielleicht bevorzugen Sie Blumen, die dort wachsen. Was züchtet man dort? Rosen? Lilien?“

Colin begann allmählich zu verstehen, was Tina meinte. „Früher habe ich Gladiolen aus dem Treibhaus bevorzugt. Sie sehen gut aus, haben aber keine Seele.“

Tina war von dieser Antwort überrascht, aber zugleich erfreut, dass er ihr etwas über sich verraten hatte. „Und jetzt? Was mögen Sie jetzt?“

„Ich weiß nicht. Seit Jahren habe ich nicht mehr darüber nachgedacht."

„Nun, dann werde ich Sie jetzt Glory vorstellen. Sie können sich dann entscheiden, ohne dass Sie nachdenken müssen."

Tina machte sich auf den Weg, und Colin folgte ihr. Die junge Frau faszinierte ihn, weil sie ihre Gedanken völlig offen aussprach. Eines Tages würde sie einem Mann begegnen, der das ausnutzte, und dann würde sie verletzt werden. Vielleicht war er dieser Mann.

Dieser Gedanke kam ihm ganz plötzlich und ließ ihn zusammenzucken. Er hatte Tina Fielding nichts zu bieten und war auch gar nicht in der Stimmung, eine Beziehung zu einer Frau zu beginnen. Vor allem aber hätte seine jetzige Situation das nicht zugelassen. Bald würde er wieder vor Gericht stehen, und dann würde er wahrscheinlich verurteilt werden.

„Da ist Robin." Tina zeigte zum Parkplatz. „Robin!", rief sie und winkte ihrem kleinen Bruder zu.

„Colin, sehen Sie nur, er trägt, was ich für ihn genäht habe." Sie war ganz aufgeregt und packte Colin am Arm. „Tatsächlich, er trägt es. Es ist das erste Mal, dass er etwas für mich tut. O Colin, ich glaube, es wird doch noch alles gut."

Colin sah auf die kleine Hand, die seinen Arm umklammerte. Er wusste, er musste sich von Tina zurückziehen, bevor er ihr wehtun konnte. Doch gleichzeitig ahnte er, dass es dazu schon zu spät war.

## 4. KAPITEL

Das ist kein Spinat, Colin", belehrte ihn Tina später, als das Fest schon fortgeschritten war und sie an einem der kleinen Tische im Garten saßen. „Das ist Hühnchen, in Taroblättern gekocht. Es sieht nur so aus und schmeckt so wie Spinat."

„Das macht es nicht schmackhafter."

„Ich mag das Zeug auch nicht." Robin schob seinen Teller von sich und verzog das Gesicht.

„Mir schmeckt es. Ich habe Tante Deborah beim Kochen geholfen." Lissie zog Robins Teller zu sich heran und aß ihn leer. „Sie hat es in Kokosnussmilch gekocht. Kann ich dein Poi haben, Colin?"

„Meinst du dies?" Colin häufte einen Löffel purpurn und grau gefärbter klebriger Masse auf Lissies Teller. „Ich dachte, das sei eine Mischung aus wilden Äpfeln und Leim."

„Es enthält viel Vitamin B und Kalzium. Es gibt kaum etwas Gesünderes", erklärte Tina.

„Wie ich sehe, haben Sie Ihre Portion nicht aufgegessen."

„Es hat einen besonderen Geschmack. Ich muss mich erst an ihn gewöhnen."

„Tante Deborah kocht immer Poi für Tina, wenn wir bei ihr essen."

„Warum, Lissie?" Colin lehnte sich zufrieden zurück. Er hatte lange nicht mehr so gut gespeist.

„Sie sagt, Tina solle das essen, damit sie eines Tages schöne Babys bekommt."

„Haben Sie vor, eines Tages schöne Babys zu bekommen, Tina?"

Ein warmes Gefühl durchflutete Tina, als Colin ihr diese Frage stellte. „Deborah denkt wahrscheinlich mehr darüber nach als ich."

Colin hatte beobachtet, wie Tina mit Robin und Lissie umging. Seiner Meinung nach war sie die ideale Mutter, weil sie es liebte, für andere zu sorgen.

„Essen Sie Ihr Poi lieber auf", riet er. „Sie werden wahrscheinlich eines Tages auf jedem Knie drei Kinder haben."

„Meinen Sie?"

„Ja, Tina", warf Robin humorlos ein. „Du solltest eigene Kinder haben. Dann würdest du Lissie und mich in Ruhe lassen."

Colin bemerkte den Schmerz in Tinas Augen, aber zugleich auch ihre Anstrengung, Robin ihre Gefühle nicht zu zeigen. „Ich würde dich nicht im Stich lassen, auch wenn ich tausend Kinder hätte", sagte sie. „Ich liebe dich, und ich werde immer für dich da sein."

Robin zog ein Gesicht, wie es nur ein zehnjähriger Junge fertigbringt. Er stand auf und schob dabei scharrend den Stuhl zurück. „Klar." Schon war er verschwunden.

Tina merkte, dass sie den Atem angehalten hatte. Langsam entspannte sie sich, dann sah sie Colin an. „Er tut mir leid, er hat immer noch große Schwierigkeiten. Aber beim Essen war er friedlicher als sonst. Ich glaube, es hat ihm gefallen, dass Sie hier sind."

Colin fragte sich, wie Tina Robins Benehmen normalerweise ertragen konnte, wenn diese Darbietung heute

Abend harmlos gewesen war. „Sie sollten ihm nicht erlauben, so mit Ihnen zu reden, Tina."

„Er hat Kummer, Colin. Sie können verstehen, wie das ist, nicht wahr?"

Wieder einmal hatte sie ihn unvorbereitet getroffen. „Ja", gab er schließlich zu.

„Ich möchte ihn nicht noch mehr verletzen."

„Und was ist mit Ihnen?"

Tina war überrascht, dass er ihre Gefühle verstand, und noch mehr, dass er sich dafür interessierte. „Oh, ich komme darüber hinweg. Wir Sonnenblumentypen sind zäh. Wir sind so gebaut, dass wir Wind und Regen trotzen können."

Die drei jungen Männer, die auf ihren Gitarren leise hawaiische Musik gespielt hatten, verkündeten, dass jetzt weitere Unterhaltung bevorstehe. Einer von ihnen begann: „Meine Damen und Herren, der Hula-Wettstreit im letzten Monat war ein großer Erfolg. Deshalb wollen wir ihn wiederholen. Wie wir gehört haben, hat eine gewisse junge Dame heimlich geübt. Wir freuen uns daher, Ihnen mitteilen zu können, dass jetzt ein weiterer Wettbewerb des Aikane-Hotels beginnt."

„Mit diesem Pareo kannst du nicht tanzen, Tina", sagte Lissie. „Du wirst stolpern."

„Ich werde sowieso stolpern. Aber auf diese Weise schieben es die Leute auf meine Kleidung."

„Sind Sie die gewisse junge Dame, die Unterricht genommen hat?", wollte Colin wissen.

„Lissie, was machst du da?“

Lissie war unter den Tisch gekrochen. „Ich binde die Enden deines Pareo zusammen, damit er kürzer wird. Das ist schon in Ordnung, man kann ihn auch so tragen. Nun kannst du tanzen.“

Colin berührte Tinas Arm. „Sagen Sie, wer ist die Orchidee?“

Tina blickte auf. Glory, Peggy und ihre zwölf Jahre alte Schwester Rosey standen bei den Musikern auf der Bühne. Sie hatten gleichartig gemusterte knappe Oberteile und Grasröcke angezogen, unter denen sie Pumphosen trugen. Nur ihre Blumenkränze waren unterschiedlich.

„Die in der Mitte. Glory ist Deborahs älteste Tochter. Sie werden jetzt tanzen und uns zeigen, wie man es richtig macht.“

Deborah ging auf die Bühne, setzte sich an der Seite hin und nahm einen großen Flaschenkürbis zwischen die Knie. Dann begann sie, ein hawaiisches Lied zu singen. Den Kürbis benutzte sie als Trommel. Immer, wenn sie eine kurze Strophe beendet hatte, wiederholten die Mädchen die Worte. Während des ganzen Tanzes lächelten sie nicht ein einziges Mal. Mit den Händen, dem Körper und den Worten ihrer Mutter erzählten sie die alte Geschichte von der Reise eines großen polynesischen Königs.

„Der Hula galt einst als heilig“, flüsterte Tina Colin zu. „Deshalb lächeln sie nicht.“

Der Tanz war vorbei, und die Zuschauer klatschten.

„Jetzt oder nie“, sagte Tina, stand auf und ging zur Bühne. Erst als sie diese fast erreicht hatte, wurde ihr bewusst, dass sie dank Lissie nicht über den Pareo stolpern würde. Stattdessen musste sie nun eher befürchten, wegen unsittlicher Bekleidung Anstoß zu erregen. Das Gewand war auf der einen Seite so hochgebunden, dass es ihr Bein und ein Stück ihres Oberschenkels freigab. Die andere Seite hing tiefer, und bei jedem Schritt klafften die Stoffteile vorn auseinander.

„Spielt etwas Kurzes", flüsterte sie dem Sänger zu und zerrte an den Knoten, die aber nicht nachgaben. „Sehr kurz."

Der Mann zwinkerte ihr zu, beriet sich leise mit seinen Freunden, dann begannen sie mit einer sanften sinnlichen Musik. Tina schloss die Augen und begann zu tanzen.

Colin sah ihr fasziniert zu. Sie bewegte sich nicht mit der natürlichen Anmut, die Glory und ihre Schwestern besaßen, aber sie steckte voller Energie. Ihr Tanz war sehr erotisch, er verriet ihre Lebensfreude. Tinas Schönheit war nicht so üppig wie die Glorys, doch sie hatte eine zarte, hübsche Figur, die an den richtigen Stellen gerundet war.

In diesem Augenblick begehrte Colin sie wie noch nie eine Frau zuvor. Er kannte seine Verführungskünste gut genug, um zu wissen, dass er sie haben konnte. Es würde vielleicht nicht leicht sein, aber er war überzeugt, dass Tina die Freuden der Liebe bereits kennengelernt hatte. Er würde ihr kaum mehr als eine kurze Affäre bieten können, sie jedoch würde ihm Erinnerungen verschaffen, von denen er noch lange zehren konnte. Und wenn nicht eine entscheidende Wende eintrat, würden Erinnerungen alles sein, was ihm für die künftigen Jahre blieb.

Colin betrachtete Tina, die sich in den Hüften wiegte, die schlanken Beine, die Bewegungen ihrer festen Brüste. Er würde nehmen, was Tina ihm anbot. Vielleicht lagen nur noch wenige Wochen der Freiheit vor ihm, und er war entschlossen, diese auszukosten. Auf die Dauer gesehen würde Tina ihm wohl mehr geben als er ihr. Aber das konnte seine Absichten nicht ändern.

Die Musiker spielten immer weiter. Tina merkte, dass die Männer sie neckten. Sie öffnete die Augen und warf ihnen einen strafenden Blick zu. Der Sänger zwinkerte zurück und begann eine neue Strophe.

Da bewegte sich Tina abrupt rückwärts und stieß mit den Hüften absichtlich gegen die Gitarre eines Musikers. So endete der Tanz ganz plötzlich.

Der Beifall war ohrenbetäubend. Tina nickte hoheitsvoll, lächelte allen zu und eilte an ihren Tisch zurück. Sie ließ sich in einen Sessel fallen, ohne Colin anzusehen. Plötzlich war sie wegen ihres Auftritts auf der Bühne verlegen. Sie überlegte, was Colin wohl davon hielt.

„Eine gute Leistung für ein Mädchen aus Kansas."

Tinas und Colins Blicke trafen sich. Colin hatte sie noch nie so angesehen wie jetzt. Es schien sich nichts zwischen ihnen verändert zu haben, aber der Ausdruck seines Gesichts hatte etwas Herausforderndes an sich.

Tina spürte, wie sie errötete, und ärgerte sich. Hoffentlich hatte Colin es im Schein der Fackeln nicht bemerkt. „Mein Hula-Lehrer meint, ich sei ein hoffnungsloser Fall."

„Ihr Lehrer muss eine Frau sein."

Colin sah, wie sich die Röte auf Tinas Wangen vertiefte. Wie würde es wohl sein, sie zu küssen und dabei zu spüren, wie ihre Haut sich erhitzte?

Schweigend sahen sie dem weiteren Verlauf des Wettstreits zu. Drei ältere Schwestern, die schon lange in einer Suite des Hotels lebten, tanzten zusammen. Dann trat Mr. Gleason auf, um zu beweisen, dass Hula nicht nur ein Tanz für Frauen war. Weitere Hotelgäste folgten seinem Beispiel.

Es gab keinen Gewinner. Die Anerkennung wurde gleichmäßig verteilt, und die Musiker erklärten schließlich diplomatisch, der Wettstreit sei unentschieden ausgegangen. Dann begannen sie, einen Foxtrott zu spielen, und viele Paaren tanzten. Andere machten sich auf den Weg zum Strand, um im Mondschein spazieren zu gehen.

„Ich bin froh, dass Sie geblieben sind." Tina stand auf und sah Colin an. Um ihre Verlegenheit zu verbergen, lächelte sie. „Ich hoffe, dass es Ihnen gefallen hat und dass Sie uns wieder einmal besuchen."

Colin bemerkte, wie sie zögerte. Sie schien sich unbehaglich zu fühlen, was bewies, dass seine Verführungskünste bereits Früchte trugen. Die Gejagte wurde sich des Jägers bewusst.

„Warum begleiten Sie mich nicht nach Haus?" Auch er erhob sich.

„Ich ... ich glaube, ich lasse das lieber. Ich muss Lissie und Robin ins Bett bringen."

Lissie, die dem Wortwechsel interessiert zugehört hatte, zupfte an Tinas Kleid. „Nein, das musst du nicht. Hast du es denn vergessen? Wir schlafen doch heute Nacht bei Tante Deborah. Wir haben schon unsere Sachen zusammengepackt."

Tina verstand selbst nicht, warum sie zögerte. Ein Spaziergang mit Colin Channing im Mondschein würde wunderbar sein. Aber lieber noch würde sie in ihr Zimmer laufen und sich die Bettdecke schützend über den Kopf ziehen.

„Kommen Sie mit, Tina?", fragte Colin leise.

„Natürlich." Sie zwang sich zu einem Lächeln. „Sehr gern."

„Gut." Colin beugte sich zu Lissie hinunter und streichelte ihr über das Haar. „Ich habe mich gefreut, dich kennenzulernen, Lissie. Hoffentlich sehen wir uns wieder."

„Wollen wir wetten? Sie werden mich noch sehr oft sehen."

„Lissie ist ein hübsches Kind, Tina."

„Ja, und manchmal sagt sie verblüffende Dinge." Tina dachte an die letzte Bemerkung ihrer Schwester. „Ich glaube, man tut ihr hier etwas ins Essen."

Colin lachte und berührte Tinas Arm, während sie zusammen durch die Dunkelheit gingen. „Ist es hier anders als in Kansas?"

„Anders als irgendwo sonst. Diese Inseln sind eine Welt für sich. Jeder zieht sich so an, wie es ihm gefällt, trägt Schuhe nur, wenn ihm danach ist, geht in den Garten und pflückt sich Blumen fürs Haar oder Früchte zum Essen. Die Kinder wachsen auf und kennen Dinge, von denen ich erst als erwachsene Frau erfahren habe."

„Was für Dinge?"

„Beziehungen."

Colin gefiel diese Art von Gespräch. Er fragte nach: „Was meinen Sie damit?"

„Nun, hier steht alles mit allem in Verbindung. Die Dinge gehen ineinander über. Schlaf und Wachsein, Arbeit wird zum Spiel, Kinder werden erwachsen, auf Geburt folgt Tod. Man trennt die Bereiche des Lebens nicht so stark voneinander. Niemand hat Lissie je gesagt, dass sie ein Kind ist. Also sagt sie auch keine kindischen Dinge. Sie bemerkt alles, und alles scheint ihr in Ordnung."

Wieder einmal verblüffte Tina Colin mit ihren Ansichten. „Lissie hat beobachtet, wie ich Sie heute Abend ansah, und sofort bemerkt, dass hinter meinen Blicken mehr verborgen war."

„Das stimmt. Als ich in Lissies Alter war, wäre mir so etwas nicht aufgefallen." Tina blieb stehen und sah Colin ins Gesicht, dessen Ausdruck im Mondschein nur schwach zu erkennen war. „Warum haben Sie mich so angesehen?"

„Sie könnten Lissie fragen."

„Ich möchte es lieber von Ihnen hören." Tina schob den Finger hinter ihren Blütenkranz und begann, ihn zu drehen. Ein schwacher Duft von Ingwerblüten erfüllte die Luft.

Colin erwiderte Tinas Blick, ohne sie zu berühren. Sein Instinkt riet ihm, langsam vorzugehen. Doch der aufreizende Blütenduft und Tinas unentwegter Blick machten es ihm nicht leicht, diesem Rat zu folgen.

„Es hat doch bestimmt schon Männer gegeben, die Sie auf die gleiche Weise angeschaut haben. Sie sind eine sehr begehrenswerte Frau."

„Wenn Männer mich so angesehen haben, ist mir das nicht aufgefallen."

„Sie können mir glauben, sie haben es getan."

„Ich dachte eigentlich, Sie hielten mich für verrückt."

„Das tat ich auch. Manchmal haben Sie etwas Verrücktes an sich."

„Und ich glaubte, ich ginge Ihnen auf die Nerven."

„Nun ja, das ist vielleicht nicht ganz der richtige Ausdruck." Colin hob die Hand und strich Tina eine Locke aus der Stirn. „Aber Sie üben eine starke Wirkung auf mich aus."

Bei Colins Berührung schloss Tina die Augen. „Meine Mutter hat mir einmal gesagt, wenn ein Mann mir so nahe kommt, soll ich ihn fragen, ob er verheiratet ist."

Colin ließ die Hand sinken. „Nein." Und weil er Tina wenigstens einen Teil der Wahrheit sagen wollte, fügte er hinzu: „Ich war es einmal. Meine Frau starb."

Tina sah ihn mitfühlend an. Seine Antwort erklärte ihr zu einem guten Teil, weshalb er sich von der Welt zurückgezogen hatte. „Das tut mir leid."

Colin wollte sie nicht in dem Glauben lassen, dass er das Opfer eines tragischen Verlustes sei. Lügen waren hässlich, er wollte sie nach Möglichkeit vermeiden. „Es tut mir leid, dass meine Frau gestorben ist. Aber ich bedaure es nicht, ein freier Mann zu sein. Die Ehe war ein Fehler, wir haben beide unter ihr gelitten."

„Das kann nicht Ihre Schuld gewesen sein.“

„Wie wollen Sie das beurteilen? Sie kennen mich doch gar nicht.“

„Ich habe einen guten Instinkt für die Beurteilung von Menschen.“

„Sie glauben, jedermann sei gut. Aber das stimmt nicht, Tina.“ Colin merkte, dass er dabei war, Tina vor sich selbst zu warnen. „Ich könnte doch durchaus der gefährliche Verbrecher sein, wie Mr. Gleason es im Scherz für möglich hielt.“

Tina lachte laut. „Colin, an Ihnen ist nichts Gefährliches. Sprechen wir jetzt über den Mann, der in voller Kleidung in die Onamahu-Bucht sprang, um mich zu retten, weil er glaubte, ich sei am Ertrinken? Wenn Sie gefährlich wären, hätten Sie mir den Hals umgedreht, als Sie merkten, dass ich nur mit Ihnen spielte.“

Tina fiel auf, dass Colin sie ernst ansah. Auch sie wurde ernst. „Sie sind ein Mann, der einen geheimen Kummer hat. Ich bin gern mit Ihnen zusammen – mehr brauche ich nicht zu wissen.“

Er wusste nicht, was er antworten sollte, ohne alles zu verraten.

„Ich könnte Ihnen wehtun“, sagte er schließlich. „Sie wissen gar nicht, wie verletzlich Sie sind.“

„Sie wissen nicht, wie stark ich bin“, verbesserte Tina ihn.

Colin gab es auf, sie beschützen zu wollen. „Ich werde Sie jetzt küssen.“

Sie sah ihn aus großen Augen an und lächelte. „Das geht sehr schnell, nicht wahr?“

Colin legte ihr die Arme um die Taille. „Schauen Sie mich an.“

Tina tat es und beobachtete fasziniert, wie seine Lippen sich den ihren näherten. Bei der ersten Berührung stöhnte sie leise auf, und er schloss die Arme fest um sie. Tina umschlang seinen Nacken und lehnte sich gegen Colin, während er seinen Kuss vertiefte.

Nichts trennte sie mehr als hauchdünner Stoff und ein zarter Blütenduft. Colin streichelte Tinas bloßen Rücken, während er sie küsste. Es war ein aufregendes Gefühl. Er knabberte an ihrer Unterlippe, und Tina seufzte zufrieden. Es war völlig natürlich, was er mit ihr tat. Jede Intimität, die er begehrte, würde sie ihm gewähren.

Er ließ die Hand unter den lose um ihren Körper geschlungenen Stoff gleiten und umfasste eine ihrer Brüste. Tina reagierte sofort auf diese Berührung. Sie spürte, wie sich ihre Brustwarzen steif aufrichteten.

Das wiederum erregte Colin. Er drückte sein Verlangen in einem leidenschaftlichen Kuss aus. Colin war ein Mann, der schon sehr lange nicht mehr mit einer Frau zusammen gewesen war. Und Tina war eine Frau, die ihre Gefühle nicht unterdrückte.

Sie merkte, dass sie der Realität zu entgleiten drohte, und sie erinnerte sich daran, wie oft sie sich gefragt hatte, ob sie dies jemals erleben würde. Nun erlebte sie es, und Freude und sinnliches Entzücken erfüllten sie.

Colin war der Erste, der sich zurückzog. Sein Atem

ging rasch, und sein Körper war erhitzt. „Wie ist es, Tina, kommst du mit zu mir?“

„Ich bringe dich bis zum Tor.“ Tina zog es vor, seine Frage nicht direkt zu beantworten.

„Und dann?“

Und dann? Sie durfte nicht vergessen, dass sie Colin Channing kaum kannte. Ganz gleich, was sie in seinen Armen empfand: Er war für sie immer noch ein Fremder. „Dann werde ich dir angenehme Träume wünschen.“ Sie berührte sein Kinn und seine Lippen. „Anschließend gehe ich nach Hause und träume von deinem Kuss.“

„Du musst doch nicht unbedingt nach Hause gehen.“ Er nahm ihre Hand und presste sie gegen seine Wange. Dabei spürte er, dass Tina zitterte. Er schämte sich plötzlich, sie zu drängen. Doch gleichzeitig sagte er sich auch, dass sie eine erwachsene Frau war. Und wohin es ihn brachte, wenn er sich wie ein Gentleman benahm, das hatte ihn die Vergangenheit gelehrt.

„Wenn ich mit zu dir komme, werden wir miteinander schlafen“, sagte sie.

„Du hast eine erstaunliche Gabe, Dinge auszusprechen, die offensichtlich sind.“ Er küsste ihre Fingerspitzen.

„Es ist erst wenige Stunden her, dass du mich überhaupt nicht mochtest.“

„Na und? Die Dinge können sich eben schnell ändern.“

Es gab Dinge – um genau zu sein: keinerlei Erfahrungen mit Männern –, die nicht schon durch den Schein des Mondes verändert werden konnten. Aber wie sollte sie ihm das sagen? Wenn ihre Gefühle für Colin Channing mit der gleichen Geschwindigkeit wie bisher weiterwuchsen, dann würde sie ihre Enthaltsamkeit noch früh genug aufgeben.

Tina war sich einen Moment unschlüssig, wie sie Colin das beibringen sollte. Aber da sie daran gewöhnt war, alles offen auszusprechen, tat sie dies auch jetzt.

Sie holte tief Luft. „Ich bin noch Jungfrau."

„Mit so etwas scherzt man nicht, das ist nicht komisch."

„Ich habe bisher ebenfalls nicht gedacht, dass Jungfräulichkeit komisch sei. Schwiegermütter sind komisch. Wenn man auf einer Bananenschale ausrutscht, ist das komisch ..."

„Warum hast du mir das nicht eher gesagt?"

Sie wusste nicht, ob er diese Frage wirklich ernst meinte. „Was sollte ich denn tun? Mich vorstellen und sagen: ‚Hallo, ich heiße Tina und bin Jungfrau, falls Sie das interessiert.'?"

Tina trat einen Schritt zurück, aber Colin ließ ihre Hand nicht los. Er betrachtete Tina wie ein seltenes Naturereignis. „Niemand, der so küsst, ist eine Jungfrau."

„Man verliert die Jungfräulichkeit nicht durch Küsse", belehrte sie ihn. „Es ist ..."

„Tina, ich kenne die Tatsachen des Lebens." Er ließ ihre Hand los. „Warum?"

„Warum was?"

„Gibt es in Kansas keine Männer?"

Tina wurde rot. „Ich habe auf den richtigen Ort und den richtigen Zeitpunkt gewartet."

„Glaubst du, dass die alten Jungfern, die vorhin Hula

tanzten, auch darauf gewartet haben?“

„Ich hätte nicht gedacht, dass du mich verspotten würdest.“ Sie sah ihn traurig an. „Ich habe Männer, die mich drängten, mit ihnen zu schlafen, nicht zurückgewiesen, um dich zu ärgern, Colin.“

Colin schämte sich. Er hätte die Wahrheit erkennen sollen, ohne Tina zu fragen. Aber es war alles so schnell gegangen. Er hatte sich Hals über Kopf in diese Sache hineingestürzt, und sein Verlangen hatte ihn blind für alles andere gemacht.

Tina drehte sich um und wollte enttäuscht weggehen. Doch Colin hielt sie zurück. „Ich bin dir nicht böse, Sonnenblume. Ich ärgere mich über mich selbst, dass ich meine Gefühle nicht besser unter Kontrolle hatte. Eines Tages, wenn die richtige Zeit und der richtige Ort gekommen sind, wird ein Mann sehr glücklich werden.“

Tina spürte, wie abschließend diese Worte gemeint waren. Colin begehrte keine Jungfrau, er wollte nichts mit ihr zu tun haben. Für ihn waren nur erfahrene Frauen interessant. „Soll das heißen, dass du mich als Frau bereits wieder abgeschrieben hast?“

Man konnte sich wirklich darauf verlassen, dass Tina kein Blatt vor den Mund nahm. „Stimmt.“

„Aber wir bleiben doch Freunde?“

Es war Colin unmöglich, eine ablehnende Antwort zu geben. „Falls wir das sein können“, meinte er schließlich. Doch dabei überlegte er schon, wie er Tina in Zukunft aus dem Weg gehen konnte.

„Darf ich morgen zum Schwimmen kommen?“

„Habe ich richtig gehört? Du bittest mich um Erlaubnis?“

„Wirst du mit mir schwimmen?“

„Tina ...“

„Es würde mir sehr viel bedeuten.“

Colin brachte nicht den Mut auf, ein klares Nein zu sagen. So ließ er es bei einem unverbindlichen: „Vielleicht.“

„Gut, dann um sieben.“ Tina trat dicht vor ihn, sah ihm ins Gesicht und schüttelte den Kopf, weil er so grimmig aussah. „So können sich Freunde nicht verabschieden.“ Sie stellte sich auf die Zehenspitzen und küsste ihn auf die Wange. „Von Freund zu Freund“, sagte sie, als sie merkte, dass er vor ihr zurückwich. „Rein platonisch.“ Tina machte kehrt und eilte zum Hotel zurück. Einmal drehte sie sich noch um und winkte Colin zu.

Colin schob verdrossen die Hände in die Hosentaschen. Tina mochte noch Jungfrau sein, eine einfache kleine Sonnenblume, aber sie wusste ganz genau, wie man einen Mann zum Wahnsinn treiben konnte. Er folgte ihr mit seinen Blicken, bis er sie nicht mehr sehen konnte.

## *5. KAPITEL*

Am nächsten Morgen erwartete Colin Tina bereits fünf Minuten vor sieben am Tor. Er trug nur eine Badehose und wusste nicht recht, wo er seine Hände lassen sollte.

Er hatte eine schlaflose Nacht hinter sich. Vergeblich hatte er versucht, sich einzureden, dass ihn dieser Lockenkopf aus Kansas nicht interessierte. Doch alle Viertelstunde hatte er auf die Uhr geschaut, um sicher zu sein, dass er die Verabredung mit Tina nicht versäumte.

Bitter fragte er sich, ob er aus den vergangenen Ereignissen denn gar nichts gelernt hatte. In seinem Leben hatte er schon einige große Fehler gemacht, doch meistens hatte er seine Entscheidungen auf der Grundlage vernünftiger Überlegungen getroffen. Sich mit Tina einzulassen war jedoch alles andere als vernünftig.

Er erinnerte sich genau, dass er noch vor zehn Stunden entschlossen gewesen war, Tina in sein Bett zu locken und ein Verhältnis mit ihr anzufangen, um sich die einsamen Nächte zu verschönern. Doch jetzt wusste er, dass das unmöglich war. Trotzdem fühlte er sich unwiderstehlich zu ihr hingezogen.

„Colin!" Tina kam um die Ecke gelaufen. Sie trug einen leichten kurzen Bademantel, ihr Haar war zerzaust. „Wartest du schon lange auf mich?"

Die ganze Nacht hatte er auf sie gewartet – unbewusst vielleicht sein ganzes Leben lang. Sie brachte frischen Wind in sein Dasein, etwas, das er dringend brauchte. Jemand wie Tina hatte ihm seit Jahren gefehlt.

„Ich bin eben erst gekommen“, sagte er.

„Colin, ist mit dir auch alles in Ordnung?“ Tina hätte ihm am liebsten über die Sorgenfalten in seinem Gesicht gestrichen, aber das Tor war noch zwischen ihr und ihm.

Colin erinnerten diese Gitterstäbe plötzlich an die kommenden Barrieren, die bald zwischen ihm und Tina bestehen würden. Schweigend öffnete er.

„Colin, wegen gestern Abend ...“, begann Tina.

„Falls du vorhast, dich zu entschuldigen, Sonnenblume, dann spare dir die Mühe. Ich war es, der sich falsch benommen hat.“

„Nein, das stimmt nicht.“ Tina warf das Tor hinter sich zu und stand nun dicht vor Colin. „Es war mein Fehler. Ich konnte einfach nicht glauben, dass du mich auf diese Weise begehrst. Darauf war ich nicht vorbereitet. Offen gesagt weiß ich auch gar nicht, was ich tun soll, wenn ich dasselbe will wie du. Aber wenn ich mich auf dieses Problem konzentriert hätte, wäre ich ganz bestimmt darauf gekommen, wie ...“

Colin legte ihr die Finger auf die Lippen. „Halt den Mund, Tina.“ Er konnte ein Lächeln nicht unterdrücken. Schnell drehte er sich um und machte sich auf den Weg zum Strand.

Tina sah ihm nach. Den größten Teil der Nacht hatte sie damit verbracht, über ihre Begegnung nachzudenken. Sie hatte sich überlegt, wie sie ihm verständlich machen konnte, dass er sie verwirrt hatte. Doch als sie gerade damit angefangen hatte, hatte er nur gelächelt.

Tina zuckte mit den Schultern und folgte Colin. Es war nicht einfach, ihn zu verstehen. Immerhin hatte er gelächelt, und das war ein seltenes und wunderbares Erlebnis. Sie musste versuchen, ihn wieder zum Lächeln zu bringen.

Es war bereits acht Uhr, als Tina und Colin aus dem Wasser kamen. Sie setzten sich nebeneinander in den Sand, ohne sich zu berühren. Beide atmeten heftig.

Colin sah Tina an. Sie trug jetzt einen knappen Bikini, der ihren schlanken Körper nur wenig verhüllte. Plötzlich fühlte Colin das Begehren in sich aufsteigen.

„Ich glaube, dein anderer Badeanzug hat mir besser gefallen."

„Deborah hat ihn verlegt", erwiderte Tina und blickte aufs Meer hinaus. „Jedenfalls hat sie mir das gesagt. Sie hat mir dafür diesen Bikini hingelegt. Gefiel dir der andere wirklich besser?"

„Nein."

„Deborah sagt, mein anderer Badeanzug sei etwas für ein Kind. Was ich jetzt trage, ist für eine Frau."

„Deborah hat recht, Tina." Colin steckte einen Finger unter den Träger des Bikinioberteils und zog es ein wenig herunter. „Und wann wird nach Deborahs Meinung ein Kind zur Frau?"

„Das hat sie mir nie gesagt."

„Du solltest sie fragen."

„Wahrscheinlich würde sie erklären: wenn ein Kind sich verliebt und mit einem Mann eins werden möchte."

Tina seufzte, als Colin seine Hand langsam über ihren Rücken gleiten ließ.

„Dann bist du noch ein Kind."

„Aber ich werde schnell erwachsen." Ihre Stimme klang eigenartig. „Sehr schnell."

Colin legte die Hand hinter ihren Kopf und zog ihn zu sich heran, bis ihr Gesicht ganz dicht vor ihm war. Er küsste sie. Ihre Lippen schmeckten nach Salz, und ihre Haut roch nach dem Meer.

Es war nur ein Kuss, kein Versprechen für künftige Dinge. Colin zog sich auch sofort wieder zurück und schüttelte den Kopf. Er hielt ihr die Hand hin. „Komm, ich bringe dich zum Tor zurück."

Tina verstand, dass er sie loswerden wollte, und folgte ihm resigniert. Auf ihrem Mund glaubte sie immer noch die Berührung seiner Lippen zu spüren. Wie konnte sie ihn davon überzeugen, dass er Geduld haben musste, bis sie ihm seinen Wunsch gewähren würde? Sie brauchte Zeit. Aber Colin schien zu denken, dass er keine Zeit habe.

Tina überlegte, wie sie mit ihm in Kontakt bleiben konnte. Sie wollte, dass sich ihre Beziehung vertiefte. Als sie auf eine rankende Pflanze trat, die über den Pfad wucherte, kam ihr die Erleuchtung.

„Colin, du brauchst auf diesem Grundstück Hilfe. Du weißt ja nicht, wie schnell hier in den Tropen alles wächst. Du musst ja dem Garten nur eine Minute den Rücken zukehren, schon gerät er außer Kontrolle und wird zum Dschungel."

„Was willst du damit sagen, Tina?"

Sie hatten das Tor erreicht.

„Robin braucht einen Ferienjob, und dir fehlt ein Helfer. Das ist für euch beide sehr günstig."

„Wieso?"

„Weil ich glaube, dass es euch beiden guttun würde, wenn ihr zusammenarbeitet. Und", fügte sie ehrlich hinzu, „weil es mir einen Vorwand gibt, dich ab und an zu sehen."

Colin war von ihrer offenen Art immer wieder beeindruckt. Wenn sie ihm ihre wahren Motive verschwiegen hätte, hätte er ganz leicht ablehnen können. Doch das war ihm nun unmöglich. Dass er ihr nichts abschlagen konnte, wurde allmählich zur Gewohnheit.

„Noch eins, Colin." Tina berührte seinen Arm. „Ich werde Robin bezahlen, aber er soll glauben, das Geld käme von dir. Ich werde ihn nicht anlügen, sondern nur einfach nicht sagen ..."

„Ich werde ihn bezahlen, Tina."

„Colin, ich möchte deine Freundschaft nicht ausnutzen. Ich kann das Geld aufbringen."

Colin dachte an das Vermögen, das er in seiner Firma angesammelt hatte. Es gab Frauen, die alles tun würden, um auch nur einen Bruchteil davon in die Hand zu bekommen. Und Tina diskutierte über einen Geldbetrag, der nicht einmal ausreichte, seine Wachhunde eine Woche lang zu füttern.

Er nickte. Ihm war bewusst, dass er dabei war, eine weitere Verpflichtung einzugehen. „Wir werden uns später über die Einzelheiten unterhalten. Sag Robin, dass ich ihn für zehn Stunden in der Woche bezahlen werde, wenn er will."

„Er spart für ein neues Surfbrett." Tina klatschte erleichtert in die Hände. „Ich weiß, dass er einverstanden sein wird."

„Aber unser Abkommen ändert nichts, Sonnenblume."

„O doch." Sie sah ihn verblüfft an. „Robin hat hier noch nie gearbeitet."

„Du weißt, dass ich etwas anderes meinte." Robin beugte sich vor und küsste Tina auf die Stirn.

Sie schaute lächelnd zu ihm auf. „Mit der Zeit kann sich alles ändern. Wir sind hier schließlich auf Hawaii, wo eins ins andere übergeht. Alles …" Sie reckte sich und berührte Colins Mund mit ihren Lippen. „… alles hängt miteinander zusammen."

„Ich weiß, wie man Unkraut zupft. Das brauchst du mir nicht beizubringen." Robin stand am Montagmorgen mit abweisender Miene vor Colin.

„Gut. Dann kannst du mir ja verraten, was Unkraut ist und was hier wachsen soll." Colin tat so, als bemerke er Robins kritische Stimmung nicht. „Mr. Pandanon hat es mir zwar gesagt, bevor er wegfuhr, aber ich fürchte, ich habe ihm nicht genau genug zugehört."

In Wahrheit hatte der Verwalter überhaupt nicht mit ihm darüber gesprochen, wie der Garten zu pflegen sei. Niemand erwartete, dass Colin auch nur den Rasensprenger anstellte. Stattdessen hatte der alte Mann Colin stolz herumgeführt. Sein Herz hing an dem Garten, er hatte ihm viel Zeit und Mühe geopfert.

„Das alles hier ist Unkraut", behauptete Robin und

zeigte auf eine grasähnliche Pflanze, die sich auf einigen Beeten ausbreitete. „Und das ist keins.“ Er deutete auf einige blühende Blumen. „Es ist ganz einfach.“

Colin hoffte, dass Robin und er nicht zu viel Schaden anrichteten. Der Verwalter könnte sonst einen Schwächeanfall erleiden, wenn er zurückkam. Soweit Colin wusste, konnte die grasähnliche Pflanze eine seltene Orchideenart sein.

„Ich verlasse mich auf dich“, erklärte er Robin mit ernster Miene.

Robins Haltung wurde etwas weniger ablehnend. „Ich mache mich jetzt an die Arbeit.“

„Ich dachte, wir könnten zusammenarbeiten.“

Robin schien überrascht. „Aber dann bleibt für mich nicht viel zu tun.“

Colin machte eine weit ausholende Armbewegung. „Dies ist ein großes Grundstück. Du kannst hier so lange arbeiten, wie du willst, es sei denn, dass es dir zu schwer wird.“

„Ich bin kein Schwächling.“

Robin kniete sich auf den Boden und begann, die Pflanzen mit beiden Händen herauszureißen. Colin tat es ihm nach.

Einige Zeit später hockte sich Robin auf die Fersen und wischte sich den Schweiß aus dem Gesicht. „Kann ich mal Pause machen?“

„Natürlich.“ Colin stand auf. „Wie wäre es mit einer Limonade?“

„Ich brauche keine Limonade.“

Colin verbiss sich ein Lächeln. Robin erwies sich als

eine harte Nuss. „Aber ich. Und drinnen ist es kühler."

Mürrisch folgte Robin Colin in die Küche. „Du darfst das Haus benutzen?"

Daran hatte Colin gar nicht gedacht. Über der Garage war eine kleine Wohnung für den Verwalter, was Robin wahrscheinlich nicht wusste. Aber es kam ihm offenbar eigenartig vor, dass Colin im Haupthaus wohnte.

„Mr. Watson hält es für sicherer, wenn ich während seiner Abwesenheit im Haus bin", erklärte Colin. „So habe ich alles besser unter Kontrolle."

Robin sagte nichts mehr, bis Colin ein großes Glas Limonade vor ihm hingestellt hatte. „War Tina hier?"

„Nicht im Haus."

„Es war ihre Idee, dass ich hier arbeiten sollte." Robin leerte sein Glas in einem Zug.

„Hat sie dir das gesagt?"

Robin verzog verächtlich das Gesicht. „Sie behandelt mich immer, als sei sie meine Mutter."

„Es ist gar nicht so übel, eine Mutter zu haben."

„Ich hatte eine Mutter." Robin stand auf und begann, in der Küche auf und ab zu gehen.

Colin hatte Kinder immer gemocht. Einst hatte er davon geträumt, eine große Familie zu haben, mit kleinen Mädchen, die wie Sherry aussahen, und kleinen Jungen, die ihm glichen. Sherrys strikte Weigerung, Kinder zu bekommen, war seine erste Enttäuschung gewesen.

Colin sah Robin nachdenklich an. Wenn sein Leben anders verlaufen wäre, hätte er vielleicht jetzt einen Sohn in Robins Alter. Er überlegte, was er diesem wohl sagen würde, um ihm über eine schwierige Zeit in seinem Leben hinwegzuhelfen. Ihm fiel nichts ein.

„Meine Mutter und mein Vater sind gestorben.“ Robin nahm zwei Apfelsinen und begann damit zu jonglieren.

„Ich weiß.“

„Wenn sie nicht gestorben wären, wüsste ich nicht einmal, dass es Tina gibt.“

„Dann finde ich, dass dies ein Beispiel dafür ist, wie aus etwas Bösem etwas Gutes kommen kann.“

Robin ließ die Apfelsinen fallen. „Es ist nicht gut, dass meine Mutter und mein Vater tot sind.“

„Natürlich nicht.“ Colin gab sich Mühe, seine Worte sorgsam zu wählen. „Es ist sehr traurig. Aber dass Tina jetzt hier ist, ist eine Art Wunder. Wie viele Menschen haben eine geheimnisvolle große Schwester, die sich um sie kümmern kann, wenn sie in Schwierigkeiten sind?“

„Du meinst, sie ist eine Art Trostpreis?“ Robin verzog das Gesicht. „So wie diese billigen Sachen, die man als Trost auf dem Jahrmarkt bekommt, wenn man danebengeschossen hat?“

Colin war erstaunt darüber, mit wie viel Ironie dieses zehnjährige Kind bereits redete. Robin war nicht nur widerspenstig, sondern auch sehr intelligent, und hinter seinem unhöflichen Benehmen verbarg sich lediglich ein kleiner Junge, der großen Kummer hatte. Colin fühlte sich sehr zu ihm hingezogen.

„Wenn du etwas größer geworden bist, wirst du einsehen, dass es keine heimliche Verschwörung gegen dich gibt, um dich unglücklich zu machen. Die Dinge geschehen nun einmal, auch die bösen, und niemand weiß genau, woran das liegt. Ebenso geht es mit den guten Dingen. Du musst auch lernen, das Gute zu sehen, sonst kann es dir nicht über die bösen Erfahrungen hinweghelfen, Robin."

„Woher weißt du das alles?", fragte Robin spöttisch. „Was ist dir denn schon zugestoßen?"

„Ich habe auch allerlei Übles erfahren."

„Und Gutes, was das wieder ausgeglichen hat?"

Jetzt war Colin in seinen eigenen Worten gefangen. Er hatte Gutes und Böses erlebt, von beidem eine ganze Menge. Aber in letzter Zeit hatte er den Blick für das Positive verloren. Für einen Moment überlegte er, was ihn hätte trösten können. Während des Strafverfahrens hatten ihn die Menschen unterstützt, die ihm am meisten bedeuteten, seine Eltern und seine treusten Freunde. Er hatte sich den besten Strafverteidiger wählen und Detektive beschäftigen können, die immer noch nach Sherrys Mörder suchten. Er hatte Watsons Grundstück, um sich dorthin zurückzuziehen. Und dann hatte er Tina kennengelernt.

Es war verrückt, aber er machte es genau wie Robin. Er lehnte Tinas Hilfe ab. Er hatte etwas ganz Bestimmtes von ihr verlangt, und als sie ihm das abgeschlagen hatte, hatte er beschlossen, sie ganz aus seinem Leben zu verbannen.

Ja, er hatte eine ganze Menge mit dem kleinen Jungen gemeinsam, der jetzt mit abweisender Miene vor ihm stand. Beide hatten die Wärme von sich gewiesen, die Tina ihnen bot. Beide wollten nur in ihrer selbstgewählten Einsamkeit leben. Doch zum Glück für sie beide ließ Tina sich nicht so leicht zurückweisen.

„Weißt du, Robin“, sagte Colin nachdenklich, „ich glaube, wir beide werden Freunde werden.“

„Ich brauche keinen Freund.“

„Das ist wirklich schade. Wir sind wie füreinander geschaffen.“ Colin trank sein Glas leer und stand auf. „Wir können ja versuchen, Freunde zu werden. Doch inzwischen sollten wir weiter an den Blumenbeeten arbeiten.“

Colin verließ die Küche. Er war sich völlig sicher, dass Robin ihm nachkommen würde.

Der kleine Junge brummte etwas vor sich hin, schob die Hände in die Hosentaschen und folgte Colin, nachdem er die Tür hinter sich zugeschlagen hatte.

Tina hörte schweigend zu, wie Mrs. Miraford ihr erklärte, dass die Steckdose in ihrem Schlafzimmer nicht in Ordnung sei.

„Daran ist bestimmt dieser Mann schuld“, behauptete sie und zeigte nach nebenan. „Die Steckdose ist an der Wand zwischen meinem und seinem Apartment.“

Tina verstand. „Mrs. Miraford, Mr. Gleason ist für eine Woche auf die Insel Hilo gefahren. Er ist zurzeit gar nicht hier.“

„Aha. Deshalb also habe ich ihn nicht gesehen.“

„Haben Sie ihn etwa vermisst?“, fragte Tina mit unschuldiger Miene.

„Vermisst? Ihn? Was für ein abwegiger Gedanke.“ Mrs. Miraford richtete sich in ihrer ganzen beträchtlichen Größe vor Tina auf. „Sorgen Sie dafür, dass die Steckdose überprüft wird, junge Dame.“

„Oh, natürlich. Ich werde mich bemühen, einen Elektriker zu finden, der solche Steckdosen reparieren kann.“ Tina versuchte, ernst zu bleiben, aber es gelang ihr nicht ganz.

Mrs. Miraford sah sie an und lächelte plötzlich. „Verschwinden Sie jetzt, und vergessen Sie den Elektriker. Wenn es wieder passiert, sage ich Ihnen Bescheid.“

Draußen auf dem Flur kontrollierte Tina die Liste der Beschwerden, die sie am Morgen am Computer aufgesetzt hatte. Mrs. Miraford war die letzte gewesen. Der Rest des Tages gehörte ihr selbst – falls nicht etwas Unerwartetes passierte.

Wenige Minuten später hatte sie ihren Bikini und einen bunt bedruckten, hochgeschlitzten Rock angezogen. Das Muster des Stoffes war eine Mischung aus chinesischen und hawaiischen Motiven.

„Dein Rock ist hübsch“, sagte Lissie, der Tina draußen begegnete. „Wohin gehst du?“

„Ich wollte zu Watsons Grundstück und schwimmen. Robin arbeitet dort heute mit Colin.“

„Robin ist öfter dort als hier.“

Das stimmte. Robin arbeitete jetzt eine Woche in Watsons Garten, und jeden Tag waren es mehr Stunden geworden, die er dort zubrachte.

„Ich glaube, dort ist er glücklicher, Lissie.“

„Er mag Colin. Er sagt, Colin sei nicht dauernd katzenfreundlich zu ihm."

Tina fragte sich, ob sie es nicht auch mit dieser Methode bei Robin versuchen sollte. Vielleicht sollte sie Robin abends einmal tüchtig ausschimpfen. Aber ihr fiel kein Grund dafür ein. Robin war in letzter Zeit wesentlich höflicher geworden, auch wenn er noch nicht besonders freundlich war.

„Wolltest du heute nicht Glory den ganzen Tag helfen, Lissie?"

„Das habe ich schon getan. Sie musste irgendwo hin. Peggy ist jetzt am Empfang, aber die ist mir zu langweilig. Sie telefoniert ja die ganze Zeit über."

„Dann komm mit mir schwimmen. Ich würde mich freuen, wenn du mitkämst."

Lissie sah Tina abschätzend an. „Wolltest du mit Colin schwimmen?"

„Nein."

Lissie schien verblüfft. „Weshalb nicht?"

„Er hat keine Zeit für mich. Er verbringt seine ganze Zeit mit Robin."

„Dann komme ich wohl doch besser mit dir."

Jetzt war es an Tina, überrascht zu sein. „Das klingt so, als sei es eine Pflicht für dich."

„Ich muss Colin auf das richtige Gleis bringen."

Tina umarmte ihre kleine Schwester. „Damit wirst du keinen Erfolg haben. Bei Erwachsenen ist das nicht so einfach. Wenn sie erst mal eine Richtung eingeschlagen haben, genügen nicht ein paar Worte, um sie davon abzubringen. Aber komm trotzdem mit mir zum Schwimmen."

Tina und Lissie machten sich auf den Weg. Tina war seit dem großen Fest nicht mehr auf dem Grundstück von Mr. Watson gewesen und hatte auch Colin nicht mehr gesehen. Offensichtlich hatte er jedes Interesse an ihr verloren.

Vor dem Tor angekommen, zog Tina den Schlüssel aus der Tasche, den Colin ihr durch Robin geschickt hatte. Auch wenn Colin mit ihr persönlich nichts mehr zu tun haben wollte, schien er immerhin so viel von ihr zu halten, dass er ihr den Zugang zum Strand ermöglichte. Tina war Optimistin und deutete das als gutes Zeichen.

Sie fanden Robin und Colin im Schatten eines weit ausladenden tropischen Baums, der von scharlachroten Blüten übersät war. Keiner der beiden nahm den Besuch wahr, denn sie waren fest eingeschlafen.

„Die armen Babys", sagte Tina laut zu Lissie. „Sie arbeiten zu viel."

Colin und Robin wurden gleichzeitig wach und machten verblüffte Gesichter.

„Wir wollten gerade entscheiden, ob dieser Baum zurückgeschnitten werden muss", versuchte Colin sich herauszureden.

„Jetzt bestimmt, auch wenn das noch nicht nötig gewesen sein sollte, bevor ihr eingeschlafen seid."

„Eingeschlafen? Haben wir etwa geschlafen, Robin?"

„Tina bildet sich gern etwas ein", erklärte Robin.

Tina stellte erfreut fest, dass ihr Bruder gut gelaunt war. „Habe ich mir das Schnarchen eingebildet, Lissie?"

Lissie musste zu sehr lachen, um antworten zu können.

„Selbst wenn wir geschlafen haben sollten", sagte Colin

und stand auf, „hätten wir uns die Ruhepause verdient."

„Ihr habt beide zu viel gearbeitet. Kommt mit ins Wasser."

Sofort bereute sie ihre Worte, denn sie hatte sich vorgenommen, bei Colin und Robin nichts zu übereilen. Deshalb hatte sie sie auch nicht in ihre Pläne für den Nachmittag einbezogen, sondern nach einem kurzen Plausch ihrer Wege ziehen wollen. Stattdessen hatte sie sie jetzt zum Schwimmen aufgefordert.

„Natürlich weiß ich, dass ihr viel zu beschäftigt seid", sagte sie schnell und hoffte, dadurch einer schroffen Zurückweisung entgehen zu können. „Ich würde es verstehen, wenn ihr nicht mitkommen könnt."

„Wir kommen gern mit, nicht wahr, Robin?"

Für einen Moment nahm Robins Gesicht einen rebellischen Ausdruck an, der aber rasch verflog.

„Das stimmt doch, Robin, oder nicht? Wir gehen auch schwimmen."

„Ja."

„Also ..." Tina war so überrascht, dass sie nichts weiter sagen konnte.

„Robin hat mir von einem Strand an der Nordküste erzählt", half Colin Tina aus der Verlegenheit. „Wie wäre es, wenn wir dorthin führen? Ich kenne den Strand noch nicht."

„Eine prima Idee."

„Können wir auf der Fahrt dorthin mein Surfbrett holen?" Robins Stimme verriet einen Anklang von Begeisterung.

„Na klar." Tina hatte immer noch nicht begriffen, wie rasch die beiden eingewilligt hatten. „Aber dort werden nicht viele Wellen sein."

„Ich lebe hier schon länger als du. Ich weiß, wann das Wasser ruhig ist", widersprach Robin herablassend.

„Das kann ich nicht zulassen." Colin hinderte Tina daran, ihrem Bruder zu antworten. „Du entschuldigst dich jetzt bei deiner Schwester, Robin, oder ich nehme dich nirgendwohin mit."

„Schon gut, Colin", begann Tina. „Ich …"

„Nein, das ist nicht gut. Also, Robin?"

Robins Miene verriet seine Unsicherheit. „Ich meinte nicht …"

„Entscheidend ist, was du sagst, nicht, was du meinst."

Überrascht sah Tina, wie ihr Bruder nickte. „Es tut mir leid, Tina, ich war unhöflich."

Zum zweiten Mal an diesem Tag war Tina sprachlos.

„Robin und ich ziehen uns um, Tina. Willst du nicht mit Lissie ins Haus kommen und auf uns warten?" Colin legte den Arm kameradschaftlich um Robins Schultern und zog den Jungen mit sich ins Haus. Lissie und Tina folgten ihnen.

„Was für ein schönes Haus", sagte Tina mehr zu sich selbst, während sie auf Colin und Robin warteten. „Alles Glas und Holz. Es ist fast so, als wohne man im Freien, aber ohne Fliegen."

„Willst du damit zugeben, dass das Paradies Fliegen hat?" Colin kam gerade die Treppe herunter.

„Gelegentlich schon. Du hast wirklich Glück, dass du in diesem Haus wohnen darfst. Aber was machst du, wenn Mr. Watson hier ist?“

„Das ist bisher nicht vorgekommen.“

„Aber wenn er kommt, kannst du bei uns im Hotel bleiben.“

Colin sah Tina herausfordernd an. „In wessen Zimmer?“

„Nun ja, so weit habe ich noch nicht gedacht.“

„Machst du das absichtlich?“

„Was?“

„Wenn es dir passt, nimmst du es wörtlich, was ich sage.“

„Du musst zugeben, dass mir das manchmal aus unangenehmen Gesprächen heraushilft.“

„Dann gibst du also zu, dass du es absichtlich tust.“

„Das habe ich nicht gesagt. Ich habe nur gesagt, dass es mir aus unangenehmen ...“

„Du versteckst dich hinter Wörtern.“

„Wie könnte ich mich wohl hinter etwas verstecken, das man nicht sehen kann? Es sei denn natürlich, wenn die Wörter gedruckt sind, auf einer Buchseite zum Beispiel. Aber selbst die wäre zu klein ...“

„Hör auf! Ich weiß, wann ich geschlagen bin.“

„Niemand schlägt dich, Colin. Dazu ist hier keiner groß genug.“

„Tina.“ Colin kam in drohender Haltung auf sie zu.

„Ich ergebe mich“, sagte sie schnell. „Ich sage nichts mehr. Ehrenwort.“

Colin blieb dicht vor ihr stehen. „Ich habe dich vermisst. Wo warst du?"

„Im Hotel. Und Mittwoch war ich zum Einkaufen in Honolulu ... schon gut", kam sie Colins Einwand zuvor. „Ich weiß schon, was du wirklich wissen willst. Ich bin nicht mehr hierhergekommen, weil du mir klargemacht hast, dass du mich hier nicht haben willst."

„Seit wann hält dich so etwas auf?"

„Ich habe meinen Stolz."

„Es tut mir leid." Colin hob die Hand und zog zärtlich an einer von Tinas Locken. „Ich war sicher, dass ich nicht wollte, was du mir zu geben hast. Aber ich habe mich geirrt."

Tina fragte sich, was diese Worte wirklich zu bedeuten hatten. Jedes Mal, wenn sie mit Colin zusammen war, merkte sie, wie leicht sie sich in ihn verlieben konnte.

„Wir kennen einander kaum, und trotzdem verbringen wir die meiste Zeit damit, uns zu entschuldigen. Lass uns noch einmal ganz von vorn anfangen."

„Gut, einverstanden."

„Ich bin fertig." Robin kam mit großer Geschwindigkeit die Treppe herunter. „Gehen wir?"

Colin nahm Tina an der Hand. „Wir nehmen Mr. Watsons Wagen."

„Bist du sicher, dass du das darfst? Wir könnten mit meinem fahren."

Colin wusste, dass Tina ihm jede Erklärung glauben würde. Sie war sehr leichtgläubig. Es fiel ihm schwer, sie weiterhin über sein wahres Ich zu täuschen. Zum ersten

Mal hatte er den Wunsch, ihr alles über sich zu erzählen. Es genügte ihm nicht, ihr nur einen Teil der Wahrheit zu offenbaren.

„Mr. Watson hat mich gebeten, seinen Wagen so oft wie möglich zu fahren. Sonst entlädt sich die Batterie."

Diese Erklärung war nicht falsch, aber sie verbarg die Wahrheit und befriedigte Colin deshalb nicht.

Der Wagen, um den es ging, war ein silbergrauer Jaguar. Watson besaß eine ganze Sammlung von Autos. Und den Jaguar benutzte er nur, wenn er Urlaub machte. Für Colin war ein solches Fahrzeug nichts Besonderes. Doch als Tina es sah, war sie erstaunt. „Darauf willst du das Surfbrett befestigen? Colin, du wirst deinen Job verlieren."

Colin öffnete die Tür. „Steig ein, Sonnenblume. Ich versichere dir, es ist alles in Ordnung."

Tina wusste, dass sie nicht widersprechen durfte. Anderenfalls würde es so aussehen, als vertraue sie ihm nicht. „Gut, natürlich." Sie holte tief Luft und machte es sich auf dem schwarzen Ledersitz bequem. „Kinder", rief sie, „wagt es ja nicht, mit sandigen Füßen einzusteigen."

Lissie lachte, und Robin stöhnte auf.

## 6. KAPITEL

Nachdem sie am Hotel gehalten hatten, um Robins Surfbrett zu holen, folgte Colin der Küstenstraße zum Nordstrand. Tina war die Strecke schon oft gefahren, um den Ausblick zu genießen. Links von der Straße lagen nebelumhüllte Berge, rechts die überwältigend schönen Strände und das Meer. Sie kamen durch verschlafene kleine Ortschaften, fuhren an Zuckerrohrfeldern, Mangodickichten und Strandhauskolonien vorbei. Einmal hielten sie an einem Erfrischungsstand, der neben der Straße aufgeschlagen war, und ließen sich eisgekühlte Kokosnüsse geben, deren Milch sie tranken.

„Im Winter kommen alle Surfer an die Nordküste", erklärte Tina. „Ich bin in meiner freien Zeit oft hier und sehe ihnen zu. Vielleicht werde ich selbst einmal Unterricht nehmen."

„Was meinst du, Robin, würde Tina eine gute Surferin werden?"

„Ja", erwiderte der kleine Junge. „Verrückt genug dafür ist sie."

Colin lächelte. Das war eine besondere Art von Kompliment gewesen. „Und wie ist das mit mir?"

„Nein, du bist zu vorsichtig."

„Das werden wir ja sehen."

Sie erreichten „Sunset Beach". Es waren nur einige wenige Menschen hier, denn an der Nordküste von Oahu gab es kaum Unterkünfte für Touristen. Tagesausflügler kamen von Waikiki, aber selten im Sommer, weil die

Brandung dann nur schwach war. An diesem Tag waren die Wellen gerade hoch genug für einen Anfänger, aber für einen erfahrenen Surfer stellten sie keine Herausforderung dar.

Colin und Tina breiteten Strohmatten auf dem Sand aus, während Robin sein Surfbrett losband und mit Lissie zum Wasser lief.

Colin runzelte die Stirn. „Ist die Unterströmung nicht zu gefährlich?"

„Die beiden sind halbe Fische. Ich habe mir früher auch Sorgen gemacht, aber sie sind im Wasser so geschickt, dass ich das aufgegeben habe. Deborah sagt, dass Robin bald allein zum Surfen gehen wird. Ich werde mich damit abfinden müssen."

„Meine Mutter behauptete immer, für Eltern sei es am schwersten, ja sagen zu lernen."

„Und meine sagte, es sei besonders schwer, nein zu sagen."

„Das merkt man an dir."

„Erzähl mir von deiner Familie." Tina legte ihren Rock ab, setzte sich auf eine der Strohmatten und deutete einladend auf den Platz neben sich.

Colin überlegte, was er ihr erzählen könnte, ohne zu viel von sich zu verraten. Mit halben Wahrheiten kam man schwer zurecht. „Ich bin ein Einzelkind, aber ich habe eine Menge Vettern, mit denen ich viel Zeit verbracht habe. In Neu-England halten die Familien zusammen. Meine Eltern sind sehr arbeitsam und fleißig. Alles war immer genau festgelegt und hatte seine Zeit – Arbeit, Spiel, Zuneigung. Ich wusste immer genau, was ich zu erwarten hatte und was sie erwarteten."

„Warst du glücklich?"

„Darüber habe ich selten nachgedacht. Ich glaube, ja." Colin drehte sich zu Tina herum und bewunderte ihre schlanke Figur. „Und du?"

„Ich war sehr glücklich. Natürlich habe ich mir gewünscht, meinen Vater öfter zu sehen. Aber meine Mutter hat das sehr gut ausgeglichen. Sie ist wunderbar. Bei uns war nichts vorher berechenbar. Nur darauf, dass meine Mutter in ihrem Motel arbeitete, konnte ich mich verlassen, und ich habe ihr oft geholfen. Als ich sechs Jahre alt war, kannte ich mich bereits in der Führung eines Motels aus."

„Lebt deine Mutter noch in Kansas?"

Tina nickte. „Wahrscheinlich wird sie wieder heiraten – wieder einen Verkäufer. Sie kennt ihn schon seit Jahren."

„Was hältst du davon?"

Tina lachte. „Ich werde seine Verhältnisse überprüfen lassen."

„Dein Vater war ein ziemliches Schlitzohr."

„Ich frage mich dauernd, ob ich vielleicht noch mehr Brüder und Schwestern habe. Es könnten Dutzende sein."

„Ist das dein Ernst?"

„Nein. Mein Vater hat sein Vermögen zwischen Robin, Lissie und mir aufgeteilt. Wenn er noch mehr Kinder gehabt hätte, hätte er sie ebenfalls bedacht. Er war ein ehrenhafter Mann."

Colin wies lieber nicht darauf hin, dass ehrenhafte Männer keine zweite Frau haben. „Du verzeihst leicht, nicht wahr?"

„Zorn ist verlorene Energie."

Colin dachte an all den Zorn, der in ihm steckte. Wie es wohl wäre, ihn endlich loszuwerden? Das war eine berauschende Vorstellung. „Wie bringst du es fertig, dich nicht zu ärgern?"

Tina berührte seine Wange. „Ich weiß es nicht genau. Man muss sich einfach darum bemühen, seine Zeit besser zu nutzen."

„Ist es das, was Robin braucht?" Colin dachte bei dieser Frage auch an sich selbst.

„Robin braucht jemanden, der ihm zeigt, wo es längsgeht. Und ich glaube, diesen Jemand hat er gefunden. Ich bin dir sehr dankbar für das, was du für ihn tust."

„Wir helfen einander gegenseitig."

„Wirst du mir eines Tages erzählen, warum du so sehr gegen das Leben eingestellt bist?"

„Wahrscheinlich nicht", entgegnete Colin aufrichtig.

„Ich hoffe, du änderst deine Meinung noch."

Colin hätte gern das Wunder erlebt, dass Sherrys Mörder gefunden wurde. Dann und nur dann könnte er Tina die ganze Geschichte erzählen. „Mir wird heiß. Wollen wir schwimmen?", versuchte er, sie vom Thema abzulenken.

Das Wasser war angenehm kühl, und Tina und Colin ließen sich in der Brandung treiben. Nach einer halben Stunde ging Tina an den Strand zurück und sah zu, wie Colin seine erste Surfstunde erhielt.

Nachdem er sich schließlich erschöpft neben sie auf die Strohmatte hatte fallen lassen, sagte sie: „Am besten fand ich, wie du unter dem Brett hingst."

„Und was für einen Anblick habe ich geboten, als sich das Brett drehte und ich rückwärts zum Strand trieb?"

„Da du es nicht mal geschafft hast, auf die Knie zu kommen, war das nicht sehr eindrucksvoll."

„Es ist schwerer, als es aussieht. Du solltest es einmal versuchen."

„Eines Tages tue ich das. Sobald Robin bereit ist, mir Unterricht zu geben."

Colin spürte den Kummer, der hinter Tinas Worten verborgen war. „Hast du jemals darüber nachgedacht, dass er dich vielleicht nur deshalb so rüde behandelt, weil er weiß, dass es ihm nicht schaden kann?"

„Wie meinst du das?"

„Robin weiß, dass du ihn auf jeden Fall magst, ganz gleich, was er sagt oder tut. Er braucht sich deshalb auch keine Mühe zu geben, nett zu dir zu sein."

„Soll das heißen, dass Robin mich schlecht behandelt, weil er mir vertraut?"

„Genau." Colin legte seine Hand auf Tinas. „Aber das bedeutet nicht, dass du ihm alles durchgehen lassen solltest. Das wäre nicht gut für ihn."

Tina drehte die Hand herum und schob die Finger zwischen die von Colin. „Hast du Kinder?"

„Nein. Aber ich wollte immer welche haben."

„Du wärst ein fantastischer Vater. Du verstehst Kinder so gut."

„Meine Frau wollte keine Kinder. Sie sagte, sie könne keine gute Mutter sein, und sie hatte recht."

Tina streckte sich auf der Strohmatte aus und zog Colin neben sich. Sie hatten die Finger ineinander verschränkt und lagen schweigend da. Tina wusste, dass Colin jetzt nichts mehr von sich erzählen würde.

Schließlich kamen Robin und Lissie durstig aus dem Wasser. Tina und Colin standen auf, packten die Sachen zusammen, und alle gingen zum Auto.

Sie fuhren ein Stück die Küste entlang nach Haleiva, wo sie ausstiegen und Eis aßen. Dann machten sie einen Spaziergang durch den Ort und sahen sich Kunstgewerbeläden, Boutiquen und Geschäfte mit Surfausrüstung an.

Vor einem der zahlreichen Lokale, das auf Vollkornkost und gesunde Nahrung spezialisiert war, setzten sie sich an einen Tisch und aßen.

Endlich waren sie auf dem Weg zurück zur Onamahu-Bucht.

„Ich kenne einen wunderschönen Ort, von dem aus man den Sonnenuntergang beobachten kann", sagte Tina.

„Du weißt, dass die Kinder schon schlafen, nicht wahr?"

Tina schaute nach hinten. Ihr Bruder und ihre Schwester hatten sich aneinandergelehnt und waren eingeschlafen. „Die sitzen dort ganz bequem, Colin. Ich glaube nicht, dass sie aufwachen, wenn wir eine Weile halten."

Sie parkten das Auto am Straßenrand. Tina führte Colin zum Strand, ohne dabei auf die großen Schilder mit der Aufschrift „Privat" zu achten.

„Kümmerst du dich nie um die Besitzrechte anderer, Tina?“

„O doch. Aber ich finde es nicht richtig, wenn Menschen davon ausgeschlossen werden, die Natur zu erleben. Der Himmel und das Meer gehören uns allen. Daran sollten auch die Privateigentümer denken. Wenn ich ihre Schilder nicht beachte, helfe ich ihnen, sich an ihre Pflichten gegenüber ihren Mitmenschen zu erinnern. Das wolltest du doch wissen, oder nicht?“

„Ja – ich glaube schon. Wenn du so redest, bin ich immer ganz verwirrt und weiß nicht mehr, was ich gedacht habe.“

„Küss mich, Colin.“ Als sie seinen unentschlossenen Gesichtsausdruck sah, zog sie Colin zu sich herunter. „Nur noch eine Minute, und der Himmel wird wie in Flammen aufleuchten. Das dürfen wir uns nicht entgehen lassen. Also küss mich, solange wir noch Zeit haben.“

Sie presste die Lippen auf die seinen, und einen Moment lang kümmerte sich keiner von beiden um das bevorstehende Naturschauspiel. Sie schmiegten sich aneinander und verloren sich in ihrem innigen Kuss. Wenn Robin und Lissie nicht nach einiger Zeit aufgewacht und zum Strand gekommen wären, hätten sie dort wohl noch lange so verharrt.

Tina erwachte am nächsten Morgen mit der Erinnerung an Colins Zärtlichkeiten. Im hellen Licht des Tages war sie sich nicht mehr sicher, ob ihr Eindruck vom Abend vorher richtig gewesen war. Colins Kuss war ihr diesmal anders vorgekommen als sonst. Er hatte sie nicht wie ein Mann geküsst, der eine Frau zu einem flüchtigen Abenteuer verführen will. Sein Kuss hatte Zuneigung ausgedrückt, wodurch er für Tina besonders aufregend gewesen war.

Sie war sich jetzt sicher, dass Colin sie mochte.

Dieser Gedanke reichte aus, um Tina vor Freude in ihrem Schlafzimmer herumtanzen zu lassen. Trotz ihrer lebhaften Fantasie hatte sie bisher nicht viel über die Liebe nachgedacht. Tina hätte nicht erwartet, dass dieses Gefühl so umwerfend und wunderbar sein konnte. Sie musste sich eingestehen, dass sie sich in Colin verliebt hatte. Dabei war er für sie praktisch ein Fremder, von dem sie kaum etwas wusste. Das Schicksal schien es aber so gewollt zu haben.

Eine innere Stimme jedoch warnte Tina. Sie konnte in Schwierigkeiten geraten, wenn sie ihre Gefühle nicht beherrschte. Andererseits glaubte sie daran, dass passieren würde, was vorherbestimmt war, was in diesem Fall wohl die Beziehung zu Colin bedeutete.

Gedankenversunken zog sich Tina Shorts und ein T-Shirt über. Colin hatte sie eingeladen, bei ihm zu frühstücken.

Nachdem Tina Deborah gebeten hatte, auf die Kinder zu achten, ging Tina zu Watsons Grundstück. Sie fand Colin in der Küche, die von einer schwarzen Qualmwolke erfüllt war. Der Qualm kam vom Toaströster.

„Wenn das Brot nicht spätestens nach zwei Minuten herausspringt, bedeutet das, dass etwas klemmt“, klärte Tina Colin fürsorglich auf.

„Nichts klemmt. Ich mag meinen Toast gern geröstet."

„Die Spiegeleier offenbar auch, wie? Was du da in der Pfanne hast, sieht aus wie verbrannte Kartoffelchips."

„Es ist kein Kunststück, ein Frühstück zuzubereiten."

Für einen Mann, der das vorher noch nie getan hatte, vielleicht doch. Tina betrachtete Colin. Er machte einen gut genährten Eindruck. Angesichts seiner Kochkünste konnte das nur bedeuten, dass er nie für sich selbst gekocht hatte.

„Colin, du kannst nicht kochen, oder? Falls ich jemals deiner Mutter begegne, werde ich ihr meine Meinung dazu sagen."

Colin verriet nicht, dass seine Mutter ebenfalls nichts vom Kochen verstand.

„Sieh dir nur den gebratenen Schinkenspeck an. Er ist so weich, dass man ihn um den Stiel der Bratpfanne wickeln könnte. Die Spiegeleier sind so hart wie eine Frisbeescheibe, und der Toast ist verkohlt ..." Tina unterbrach sich, als ihr bewusst wurde, was das alles bedeutete. „Was hast du nur gegessen, seit du hier bist?"

„Ich bin gut zurechtgekommen."

Da Colin ihr offenbar nicht antworten wollte, öffnete Tina die Schranktüren. „Cornflakes, Erdnussbutter, Kekse, noch mehr Kekse, Kartoffelchips. Kannst du wenigstens Kaffee kochen?"

Tina wartete nicht auf die Antwort. Sie öffnete den Kühlschrank. „Ketchup, saure Gurken, Soßen ... das ist ja entsetzlich."

„Ich bin ein erwachsener Mann. Ich kann selbst für mich sorgen", verteidigte sich Colin.

Eine Welle der Zuneigung überwältigte Tina. Colin hatte, seitdem er hier wohnte, wahrscheinlich noch nie einen Topf oder eine Pfanne benutzt, aber er hatte ihr angeboten, Frühstück für sie zu machen. Das bedeutete, dass er sich entweder auch in sie verliebt hatte oder dass er kurz vor dem Verhungern stand.

„Ich koche sehr gern", sagte Tina. „Wenn du nichts dagegen hast, würde ich gern das Frühstück für uns machen."

„Mit anderen Worten: Du willst nicht essen, was ich zubereitet habe."

„Ich wollte noch ein wenig leben."

Colin musste lächeln. „Immerhin kann ich Kaffee kochen."

„Wie gut?"

Jetzt lachte Colin. „Stark, heiß und wunderbar."

„Darf ich kochen, während du Kaffee machst?"

„Nur zu."

Tina übernahm die Küche. Ihr Rührei hätte sogar Deborahs Lob erweckt.

„Ich bin eine gute Köchin", erklärte sie Colin kurz darauf, als sie ihm zum zweiten Mal seinen Teller füllte. Die erste Portion hatte er mit großem Appetit verzehrt.

„Neben dem Motel meiner Mutter gab es ein kleines Bistro, das rund um die Uhr geöffnet war. Unsere Gäste haben dort oft gegessen. Ich habe manchmal in dem Lokal geholfen, denn die Inhaberin war eine Freundin meiner Mutter. Dort wurde ich dann in die Geheimnisse der Kochkunst eingeweiht. Es hat mir viel Spaß gemacht."

„Erzähl mir, wie du in Kansas aufgewachsen bist, Tina."

„Ich würde zur Abwechslung lieber etwas von dir hören. Zuerst verrate mir, wie du groß geworden bist, ohne eine Ahnung vom Kochen zu bekommen."

„Ich stamme aus einer traditionsbewussten Familie und habe jung geheiratet. So hatte ich nie Gelegenheit, kochen zu lernen."

„Die Gelegenheit ist jetzt gekommen." Tina stand mit entschlossener Miene auf. „Ich werde nun tun, was deine Mutter und deine Frau versäumt haben. Du kannst mir deine Lebensgeschichte erzählen, während ich dir einige Grundkenntnisse beibringe."

Colin wusste nicht, was schlimmer war: mit Halbwahrheiten über seine Lebensgeschichte herumzujonglieren oder Kochkünste zu erlernen, die für ihn völlig überflüssig waren. Wenn er als Sherrys Mörder verurteilt wurde, würde ihm der Staat bis zum Ende seines Lebens drei Mahlzeiten am Tag bescheren. Wenn nicht, dann würden seine Haushälterin und seine Köchin ihn verwöhnen.

„Komm, lass uns lieber zum Strand gehen", schlug Colin daher vor. „Ich kann immer noch Pizza bestellen, falls ich Hunger bekomme."

„Ich möchte nicht jeden Tag hierherkommen und mit ansehen, wie du langsam verfällst. Ich möchte dich nicht auf dem Gewissen haben."

„Weißt du eigentlich, wie niedlich du bist, wenn du so ernst redest?" Colin strich mit dem Finger über Tinas Nase und Mund. „Du bist zum Anbeißen lieb."

„Du willst dich nur um eine Lektion drücken."

„Wir könnten die Lektionen austauschen." Colin kam näher. „Du unterrichtest mich in der Küche, und ich könnte dir etwas im Schlafzimmer beibringen."

Für einen Moment war Tina sich nicht sicher, ob er sie nur necken wollte. Dann sah sie das Funkeln in seinen Augen. „Was hättest du getan, Colin, wenn ich ja gesagt hätte?"

„Ich wäre auf die Knie gefallen und hätte dem Schicksal gedankt." Colin legte ihr die Hände auf die Schultern und streichelte ihr sanft über den Nacken und das Haar. „Dein Haar fühlt sich gut an. Wenn ich es um meine Finger wickele, wirkt es so lebendig. Alles an dir ist voller Leben, Sonnenblume. Die Welt scheint stillzustehen, wenn du nicht da bist."

Sie verstand ihn sehr gut, denn sie empfand ähnlich, wenn er nicht bei ihr war. „Was ist nun mit der Lektion?"

„Mit deiner oder mit meiner?"

„Mit meiner."

„Ich will nicht kochen lernen."

„Dann komm, und iss im Aikane. Du kannst jeden Tag bei uns frühstücken und zu Mittag essen – auf meine Rechnung, ich lade dich ein."

Colin fragte sich, wie er dreißig Jahre ohne Tina Fielding hatte leben können. Und nun, wo er sie kennengelernt hatte, konnte er sich nicht mehr vorstellen, wie er die nächsten dreißig Jahre ohne sie leben würde.

„Ich komme zu den Mahlzeiten, aber ich zahle selbst",

sagte er. „Darüber gibt es keine Diskussion."

Tina runzelte die Stirn, doch sie kannte männlichen Stolz gut genug, um nicht zu widersprechen. „Darf ich gelegentlich für dich kochen? Robin und Lissie freuen sich bestimmt, wenn du mit uns isst."

Colin grub die Hände in ihr Haar und zog ihren Kopf zu sich heran. „Beweise mir, dass der Kuss von gestern kein Traum war."

Tina seufzte und schlang zärtlich die Arme um seine Taille. Während der nächsten Minuten gaben sie einander hingebungsvoll alle Beweise, die sie benötigten.

Wie er es versprochen hatte, kam Colin jeden Tag zum Frühstück und zum Mittagessen in das Aikane-Hotel. Er fühlte sich unter Menschen immer noch nicht wohl und rechnete stets damit, dass ihn jemand erkennen könnte. Doch niemand im Hotel war an seiner Person interessiert. Dafür beschäftigte alle die Frage, welcher Art seine Beziehung zu Tina war.

„Was wollte Mr. Gleason von dir?", fragte Tina ihn eines Nachmittags, zwei Wochen nachdem er begonnen hatte, im Hotel zu essen.

„Er wollte wissen, ob ich dich auch gut behandele."

Tina knabberte nachdenklich an einem Salatblatt. An diesem Tag hatte es mittags ein Salatbüfett gegeben, und Tina hatte sich den Teller bis zum Rand gefüllt. Robin, der mit Colin zum Hotel gekommen war, hatte nur einen angewiderten Blick auf die Schüsseln geworfen und war dann in ihre Wohnung geeilt, um sich Brote zu machen.

„Und was hast du Mr. Gleason geantwortet? Behandelst du mich gut?"

„Ich habe ihm erwidert, das müsstest du selber beurteilen."

Tina dachte an die vergangenen Tage zurück. Es waren wundervolle Tage gewesen, angefüllt mit Spaziergängen am Strand und Fahrten um die Insel. Sie und Colin hatten die Kinder zum polynesischen Kulturzentrum mitgenommen, wo sie sich den ganzen Tag mit dem farbigen Leben der Insel des südlichen Pazifiks beschäftigt hatten.

An einem anderen Tag waren sie ohne die Kinder zu den „Sacred Falls" gefahren, wo sie in einem kristallklaren Bach, der von einer Quelle gespeist wurde, gebadet hatten. Sie hatten in der Hanauma-Bucht geschnorchelt und die Fische gefüttert. Eines Abends waren sie in Honolulu gewesen, hatten chinesisch gegessen und waren in den Straßen von Waikiki herumgeschlendert.

„Du hast mich besser als gut behandelt."

Auch für Colin waren diese beiden Wochen schön gewesen. Er fühlte sich auf einmal wieder lebendig. Oahu hatte er mit allen Sinnen erlebt und ebenso Tina. Wenn sie nicht zusammen waren, konnte er sich an jede Einzelheit von ihr erinnern, an ihr Lächeln, den Duft der Ingwerblüten in ihrem Haar, an die Art, wie sich ihre Haut anfühlte.

Weil er wusste, dass diese Erinnerungen eines Tages alles sein würden, was er besaß, kostete er jedes Erlebnis bis zur Neige aus.

„Gleason riet mir, vorsichtig zu sein. Er meinte, Frauen

könnten sich über törichte Kleinigkeiten aufregen. Ich sollte mir genau überlegen, was ich dir sage."

„Hast du ihm erklärt, dass du das sowieso tust?" Sie lächelte, um ihren Worten die Schärfe zu nehmen. „Es scheint dir zur zweiten Natur geworden zu sein, ganz genau darauf zu achten, was du sagst."

„Das liegt an meiner Erziehung in Neu-England."

Tina erwiderte nichts darauf. Sie wussten beide, dass seine Herkunft aus Neu-England nichts damit zu tun hatte, dass er über sein bisheriges Leben schwieg. Es hatte jedoch keinen Zweck, ihn mit Gewalt zum Reden bringen zu wollen. Er verbarg etwas, und sie hatte kein Recht, ihn zu drängen.

„Hat Mr. Gleason dir verraten, wie er mit den Frauen umzugehen pflegt?"

Colin hatte seinen Teller leergegessen und lehnte sich zurück. Er sah zu, wie Tina ihren Salat verzehrte. „Ja, das hat er."

Sie war gerade dabei, die Gabel zum Mund zu führen, und hielt mitten in der Bewegung inne. „Du kennst das größte Geheimnis in Aikane und willst es mir nicht sofort verraten?"

„Ich verrate es dir unter einer Bedingung."

„Schon angenommen."

Er lachte. „Du bist leichtsinnig geworden, Sonnenblume."

„Ich weiß, dass du mein Vertrauen nicht ausnutzen wirst. Aber du spielst mit meiner Geduld."

„Komm heute Abend zum Essen zu mir."

„Das ist deine Bedingung?“ Tina sah ihn nachdenklich an. „Willst du etwa wieder kochen?“

„Keine Diskussion. Du warst mit allen Bedingungen einverstanden.“

Tina beobachtete, wie Colin sich selbstzufrieden in seinem Sessel aufrichtete. Sie musste sich geschlagen geben. „Meinetwegen.“

„Die Kinder müssen mitkommen. Ich habe etwas für sie.“

„Ich kann nicht zulassen, dass du Robin und Lissie vergiftest.“

„Ich bestelle Pizza.“

„Mit Anchovis und Peperoni?“

„Mit Salami und Pilzen.“

„Anchovis und Salami“, schlug Tina vor.

„Peperoni und Salami. Das ist mein letztes Angebot.“

„Nun gut. Aber jetzt verrate mir das Geheimnis!“

„Die Dame, um die es geht, ist offensichtlich Mrs. Miraford, obwohl Mr. Gleason das nicht ausdrücklich zugegeben hat.“ Colin genoss seine Überlegenheit und hatte vor, die Geschichte so lange wie möglich auszukosten.

„Was hat er zu ihr gesagt?“

„Er hat eines ihrer Kinder beleidigt.“

„Hat er dir erzählt, was er gesagt hat?“ Tina hatte ihren Salat völlig vergessen. Sie beugte sich vor und stützte beide Ellbogen auf den Tisch, als könne sie die Neuigkeiten so besser aus Colin herausholen.

„Das hat er.“

„Colin!"

Er gab nach. „Mrs. Miraford s jüngster Sohn scheint Chirurg zu sein. Er hat seine Mutter hier während seines Urlaubs besucht. Bei der Gelegenheit wollte er wohl mit einer Strandschönheit in einem winzigen Bikini anbändeln, was einem athletischen Burschen, offenbar dem Freund der Badenixe, nicht gefiel. Er erteilte Mrs. Mirafords Sohn eine Lektion, bei der er so unglücklich fiel, dass er sich das Handgelenk brach. Laut Mrs. Gleason konnte er drei Monate nicht operieren."

„Vielleicht war ihm das eine Lehre."

„Genau das hat auch Mr. Gleason zu Mrs. Miraford gesagt. Offenbar glaubt ihr Sohn, jede Frau warte nur darauf, von ihm erobert zu werden. Mr. Gleason hoffte, dieses Erlebnis werde ihm einen Dämpfer aufsetzen. Aber Mrs. Miraford sah das anders. Für sie zählte nur, dass ihr Kleiner schrecklich verletzt worden war. Sie warf Mr. Gleason vor, auf ihre Kinder eifersüchtig zu sein. Er nannte sie daraufhin eine törichte Frau, die die Wahrheit nicht mal dann erkennen könnte, wenn sie ihr auf die Brille geschrieben sei. Aus diesem Grund hat Mrs. Miraford ihm schließlich die Freundschaft gekündigt. Das war alles."

Tina lehnte sich wieder zurück. „Gut erzählt. Ich hatte das Gefühl, selbst dabei gewesen zu sein."

„Jetzt kennst du die ganze Geschichte."

„Es ist wirklich sehr traurig, nicht wahr? Sie lieben einander immer noch, verschwenden aber den größten Teil ihrer Zeit und ihrer Energie damit, sich aus dem Weg zu gehen. Sie sollten lieber ihre letzten Jahre miteinander verbringen. Wenn man einen Menschen liebt, ist nichts von dem unverzeihlich, was er sagt oder tut."

„Nichts?" Colin dachte an Sherry und die Wunden, die sie ihm zugefügt hatte. Er lachte spöttisch. „Ich habe da andere Erfahrungen gemacht, Sonnenblume. Glaub mir, manche Dinge sind zu schrecklich, um sie vergeben zu können."

Colins Stimmung hatte sich abrupt verändert. Tina merkte dies sofort, denn sie hatte in den letzten Wochen Gelegenheit genug gehabt, ihn zu beobachten. Immer wieder war Sorglosigkeit unvermittelt in Anspannung umgeschlagen, war aus einem Lächeln der Ausdruck verzweifelten Kummers geworden.

Diesmal wollte Tina das nicht wortlos hinnehmen. „Deine Frau ist jetzt tot, Colin. Du solltest deine schlimmen Erfahrungen langsam vergessen, sonst wirst du nie bereit sein, eine neue Beziehung einzugehen."

Colin hatte Tina genug über Sherry erzählt, um sie glauben zu lassen, dass sein Gemütszustand nur mit seiner schlechten Ehe zusammenhing.

„Wie könnte man jemandem vergeben, der dir das Leben ruiniert hat?"

„Deine verstorbene Frau wird dein Leben nur zerstören, wenn du ihr nicht verzeihst."

„Das kannst du nicht beurteilen."

„Ich sehe doch, was mit dir los ist." Tina beugte sich vor und legte die Hand auf Colins Arm. „Du bist verletzt worden. Mehr brauche ich nicht zu wissen. Aber wenn du nicht versuchst, darüber hinwegzukommen, wird es immer schlimmer werden. Vergib ihr endlich. Erinnere dich an ihre guten Seiten, auch wenn sie nur wenige hatte. Denk daran, warum sie so wurde, wie sie war. Und dann vergiss sie."

Er sah Tina zu, wie sie seinen Arm streichelte. „Du weißt nicht, was du von mir verlangst."

„Ich weiß nur, dass du das tun musst."

Colin saß eine Minute stumm da und erhob sich dann, ihren Blick vermeidend. „Ich mache einen Spaziergang."

„Willst du immer noch, dass ich heute Abend komme?"

„Ja."

„Gut, dann bis nachher."

## 7. KAPITEL

Colin ging an den Strand, denn hier konnte er ungehindert nachdenken. Nachdem er fast einen Kilometer gewandert war, setzte er sich in den Sand und schaute auf das Meer hinaus. Tinas Worte gingen ihm nicht mehr aus dem Kopf, sosehr er auch versuchte, sie zu verdrängen.

Die Erinnerungen überfielen ihn mit aller Macht. Er dachte an Sherry an ihrem Hochzeitstag, an den Duft von Blumen, an die Hoffnung. Er erinnerte sich, wie sie zum ersten Mal Gäste zum Abendessen eingeladen hatten und Sherry nicht wusste, wie sie das organisieren sollte. Ihr erstes gemeinsames Weihnachtsfest fiel ihm ein und Sherrys Freude über die kleine Perserkatze, die er ihr geschenkt hatte.

Die Vergangenheit begrub ihn unter sich wie eine Flutwelle. Einmal hatte er Sherry weinend vorgefunden. Sie hatte ihm anvertraut, dass sie Probleme mit dem Alkohol hatte. Sie hatten dann bis zum Morgengrauen miteinander geredet, und Sherry hatte versprochen, Hilfe zu suchen. Während dieser Stunden hatten sie beide geglaubt, dass die Dinge zwischen ihnen sich doch noch zum Besseren wenden konnten.

Sie hatte jedoch nicht mit dem Trinken aufgehört, und sie hatte auch nie wieder davon gesprochen, eine Entziehungskur zu machen. Jetzt fragte Colin sich, ob er in jener Nacht nicht die wirkliche Sherry gesehen habe. Trotz all ihrem Geld, trotz ihrer gesellschaftlichen Stellung war sie ein ungeliebtes kleines Mädchen gewesen, das von den Eltern vernachlässigt worden war. Er hatte versucht, ihr dafür einen Ausgleich zu schaffen, aber sie war nicht imstande gewesen, seine Hilfe anzunehmen. Sie hatte sich selbst zerstört, ohne dass er es hatte verhindern können.

Sie hatte ihn wahrscheinlich nie absichtlich verletzen wollen. Das sah Colin jetzt zum ersten Mal ein. Sie war einfach unfähig gewesen, sich zu ändern. Nach und nach hatte sie es zugelassen, dass Alkohol, Rauschgift und andere Männer ihr Leben beherrschten. Daran hatte er nichts ändern können. Sherry hatte weder sein noch ihr Leben bewusst zerstört, sie hatte die Dinge einfach treiben lassen. Auf ihre Art hatte sie ihn wahrscheinlich geliebt, jedenfalls in der ersten Zeit.

Und nun war sie tot.

Colin spürte, wie der Zorn nachließ, der ihn seit Monaten erfüllt hatte. Dieser Zorn hatte sein Leben beherrscht und zu vernichten gedroht.

Er schluckte und zwang sich dann, die Worte auszusprechen, die Tina ihm nahegelegt hatte. „Leb wohl, Sherry."

Colin saß noch lange Zeit da und sah den Wellen zu, die über den Strand spülten. Als er schließlich aufstand, wusste er, dass er endlich seinen Frieden mit Sherry gemacht hatte.

Tina war sich nicht sicher, was sie an diesem Abend von Colin erwarten sollte. Sie bereute jetzt, dass sie ihm Ratschläge gegeben hatte, wie er mit dem Tod seiner Frau fertig werden sollte. Während sie über ihre Einmischung in seine Angelegenheiten nachdachte, bezweifelte sie, dass er sie jemals wiedersehen wollte.

Warum kann ich nicht mal meinen Mund halten, fragte sie sich. Missmutig steckte sie die Hände in ihre Taschen. Sie war auf dem Weg zu Watsons Haus. Die Kinder, die ihre bedrückte Stimmung gespürt hatten, waren schon eine halbe Stunde vorher aufgebrochen.

Vor der Haustür hob sie die Hand, um zu klopfen. Doch noch bevor sie die Tür berührte, wurde geöffnet. Colin begrüßte Tina mit einem warmen, herzlichen Lächeln. „Aloha."

„Aloha." Tina durchforschte sein Gesicht nach einem Anzeichen von Vorwurf, fand aber keines. „Du bist mir nicht böse?"

„Nein."

Tina fiel ein Stein vom Herzen. „Ich dachte, diesmal hätte ich es geschafft."

„Du hast mir mehr geholfen, als du ahnst." Colin zog sie an sich und umarmte sie. „Mahalo."

Tina war überrascht, dass er das hawaiische Wort für „Danke" kannte. Zwar wusste sie nicht, was geschehen war, und würde es vielleicht auch nie erfahren, aber eines war klar: Colin machte einen sehr glücklichen und ausgeglichenen Eindruck.

Colin löste sich von ihr. „Wir werden gleich Gesellschaft bekommen."

Wie zum Beweis dafür, dass er recht hatte, erschien Robin. „Tina, komm, schau dir das an!"

Noch nie, solange sie ihn kannte, hatte Robin sie um etwas gebeten. „Was ist?“ Sie folgte ihrem kleinen Bruder.

Aus dem Raum neben der Küche hörte sie ein Piepen und Lissies Kichern. Eine roboterartige Stimme war zu hören. „Es tut mir sehr leid, Lissie, aber das war wieder falsch. Zurück zu Ebene zwei.“

„Ein Computer!“, rief Robin begeistert, als Tina das Zimmer betrat und den Apparat verblüfft betrachtete. „Von ‚Whiz Kid‘. Und er gehört uns. Colin hat ihn uns beschafft.“

Tina verstand genug von Computern, um zu erkennen, dass dies kein bloßes Kinderspielzeug war. Es handelte sich um ein hochentwickeltes Gerät.

„Sieh nur, er hat auch einen Drucker. Der druckt farbig.“

„Was meinst du, Tina? Ist das etwas für die beiden?“

„Schau mal, Tina.“ Lissie gab zwei Wörter ein und drückte eine Taste. Tinas Name erschien in allen möglichen Schrifttypen auf dem Bildschirm. „Soll ich es ausdrucken?“

„Colin“, sagte Tina. „Ich muss mit dir reden.“

„Später.“

„Nein, jetzt sofort.“ Tina verließ das Zimmer und wartete auf dem Flur, bis Colin ihr ins Wohnzimmer gefolgt war. Die Hände in die Hüften gestemmt, sah sie Colin vorwurfsvoll an. „Was hast du dir dabei nur gedacht?“

„Warum bist du mir böse?“

„Colin, du kannst dir ein solches Gerät nicht leisten.“

„Denk doch nur an das viele Geld, das ich gespart habe, seitdem wir uns kennen. Jedes Mal, wenn wir ausgehen, bezahlst du. Mein männliches Selbstbewusstsein hat stark gelitten."

„Das Ding kostet über tausend Dollar."

„Nein, es ist billiger."

„Mit dem Drucker sind es über tausend Dollar. Du kannst mich nicht für dumm verkaufen."

Colin war von ihrer Sorge um seine Finanzen gerührt. Aber er hatte sich auf dieses Gespräch vorbereitet. „Ich habe früher für ‚Whiz Kid' gearbeitet." Dass er der Gründer und Präsident der Firma war, verschwieg er. „Ich bekomme dort einen Vorzugspreis."

Tina war sich nicht sicher, ob sie ihm das glauben durfte. Aber sie hatte soeben etwas über sein früheres Leben erfahren, und sie wollte die Möglichkeit, noch mehr zu hören, nicht durch einen Streit verderben. „Wann hast du für ‚Whiz Kid' gearbeitet?"

„Bevor ich hierherkam."

„Ist das eine große Firma?"

Colins Unternehmen war offenbar in Kansas nicht bekannt. Dagegen würde er etwas tun müssen. „Ja."

„Was hast du dort gemacht?"

„Ich wurde eingesetzt, wenn es Schwierigkeiten gab."

„Warum hast du dort aufgehört?"

„Ist dies ein verschärftes Verhör?"

Tina seufzte. „Ich möchte dich nur besser kennenlernen."

„Hör zu, Tina. Der Computer ist mein Geschenk für Robin und Lissie. Bitte verdirb mir nicht das Vergnügen an diesem Geschenk."

„Bist du sicher, dass du es dir leisten kannst?“

„Ja.“

Tina gab auf. „Ich weiß zwar nicht viel über dich, Colin, aber eines steht fest: Du bist ein wunderbarer Mensch, der uns allen viel zu geben hat. Wie könnte ich wohl nein sagen?“

Colin versuchte, so zu tun, als nehme er ihre Worte nicht ernst. Er deutete auf sich. „Hinter der Fassade dieses harten Mannes verbirgt sich ein weichherziger Idealist.“

Tina umarmte ihn. „Deshalb hat es dich auch so hart getroffen, dass deine Ehe misslang.“

Colin hielt es für besser, dem Gespräch eine andere Richtung zu geben. „Das Abendessen wird gleich eintreffen.“

„Bin ich dir wieder mal zu nahe getreten?“

„Wieder mal? Das tust du doch dauernd, Sonnenblume.“

„Aber es ärgert dich nicht mehr.“

„Stimmt. Doch jetzt lass uns zu den Kindern zurückgehen.“

Tina streckte ihm die Hand entgegen, die Colin ergriff. Hand in Hand verließen sie das Wohnzimmer.

Tina stand in der Küche, aß Ananasscheiben und unterhielt sich mit Deborah.

„Warum schwimmst du heute Morgen nicht, Tina?“

„Colin hat mich für heute Nachmittag zum Schwimmen eingeladen.“

„Du bist viel mit ihm zusammen, nicht?“

„Ich liebe ihn."

„Das klingt so, als seist du dir dessen ganz sicher."

„Was ist sicher?", fragte Glory, die gerade in die Küche kam.

„Dass ich Colin Channing liebe. Warst du jemals verliebt, Glory?"

„Früher jede Woche zweimal. Dann kam ich zu der Überzeugung, dass das zu viel Kraft erfordert."

„Das stimmt, ich bin zurzeit dauernd müde. Aber wahrscheinlich liegt es daran, dass ich zu wenig Schlaf bekomme."

Glory und Deborah tauschten wissende Blicke. „Willst du uns irgendetwas andeuten?", fragte Glory schließlich.

Tina runzelte die Stirn. „Ich glaube nicht."

„Warum bekommst du nicht genug Schlaf?"

„Weil ich dauernd an Colin denke." Tina sah, dass die beiden Frauen von ihrer Antwort enttäuscht waren. „Aha, ihr habt etwas Intimeres erwartet. Ihr solltet euch schämen."

„Woher willst du wissen, dass du ihn liebst?", fragte Glory.

Tina dachte nach. „Lass mich mal überlegen. Also: Ich fühle mich eigenartig, wenn ich mit ihm zusammen bin."

„Das könnte auch auf eine Erkältung hindeuten."

„Und wenn ich nicht bei ihm bin, fühle ich mich noch eigenartiger. Mir ist so, als sei ein Teil von mir abhandengekommen."

„So benimmst du dich doch dauernd", bemerkte Deborah.

„Ich weiß, dass ich keinen anderen Mann haben will.

Wenn ich nach fünfzig Jahren neben ihm im Bett aufwache, werde ich noch genauso denken. Was sagt ihr dazu?"

„Erinnerst du dich, was Großmutter über die Liebe sagte?", fragte Glory ihre Mutter.

„Natürlich. Liebe ist wie der Panini-o-Kapunahou – ein Kaktus."

„Das erklärt alles", meinte Tina spöttisch.

„Komm, ich werde es dir zeigen." Glory zog Tina mit sich in den Garten. „Dort ist es."

Tina stand vor einem Kaktus, der sich an einem Tulpenbaum emporrangte. Die Pflanze hatte dreikantige dicke Ranken und wuchs über sechs Meter hoch in den Baum hinein.

„Mr. Gleason sagt, das sei ein nachtblühender Kaktus", belehrte Tina Glory.

„Er hat viele Namen, genau wie die Liebe. Manche nennen ihn Schlangenkaktus, andere Seilkaktus. Siehst du die Blüten?"

Von den Ranken standen fingerlange rötliche und grünliche Zylinder ab.

„Sehr eindrucksvoll sind sie nicht." Tina dachte an die vielen exotischen Blumen, die auf Oahu blühten.

„Stimmt, die Knospen sind ziemlich einfach, nicht wahr? Aber hast du den Kaktus bei Nacht gesehen?"

„Bisher habe ich nicht darauf geachtet."

„Im Sommer blüht er nach Einbruch der Dunkelheit. Wenn du genug Geduld hast, kannst du zusehen, wie sich die Blüten öffnen. Innen sind viele gelbe Stäbchen, und in der Mitte steht eine kleine, spinnenwebartige weiße Blüte –

eine Blume in der Blume. Der Kaktus blüht, bis die Sonne aufgeht. Dann schließen sich die Blüten wieder."

„Schön, aber nun verrate mir, was das mit der Liebe zu tun hat."

„O nein, das musst du selbst herausfinden."

„Mit anderen Worten, meine Zukunft hängt an dieser geheimnisvollen Pflanze, und du gibst mir keine Hilfe."

Glory lachte. „Du hast es erfasst. Niemand kann dir helfen, es herauszufinden."

„Wie bei der Liebe."

„Siehst du, jetzt bist du schon auf der richtigen Spur." Glory ging und ließ Tina allein zurück.

Tina sah sich die Pflanze eine ganze Weile genau an. Offenbar gab es ganz unterschiedliche Möglichkeiten, wie man diesen Kaktus beschreiben konnte.

Tina wurde bewusst, was sie gerade entdeckt hatte. Das ist genau wie mit der Liebe, überlegte sie. Es gibt nie nur eine Art, sie zu verstehen. Liebe bedeutet für jeden Menschen etwas anderes.

Deborah war inzwischen aus der Küche gekommen und trat nun neben Tina.

„Deborah, was hat dich eigentlich sicher gemacht, dass Glorys Vater der richtige Mann für dich war?"

„Das weiß ich nicht mehr."

„Mit anderen Worten, du willst es mir nicht verraten."

„Du bist ein kluges Kind."

„Vermisst du ihn noch?"

Deborahs Mann war vor zehn Jahren gestorben. Sie

dachte über Tinas Frage nach. „Ich vermisse ihn jeden Tag."

„Dann muss er für dich die richtige Wahl gewesen sein."

„Daran habe ich nie gezweifelt."

„Ich glaube, wenn ich Colin nur für eine gewisse Zeit haben könnte, wäre das immer noch besser für mich, als einen anderen Mann für mein ganzes Leben zu haben."

„Komm heute Abend wieder, und beobachte die Blüte des Panini-o-Kapunahou."

„Das werde ich tun."

Tina stieg der anheimelnde Geruch eines Holzkohlenfeuers in die Nase, als sie sich Watsons Haus näherte. Auf einem der Nachbargrundstücke schien jemand Hähnchen zu grillen.

Robin und Lissie waren schon früher gekommen, um mit dem Computer zu spielen. Tina hatte ihren Pareo angelegt und ihn so gewickelt, dass er vor der Brust gefaltet war und die Schultern frei ließ. Im Haar steckte eine weiße Hibiskusblüte, und um den Hals trug sie einen Kranz aus kleinen weißen Blüten, die köstlich dufteten.

Colin öffnete Tina, musterte sie von oben bis unten und zog sie an sich. „Ist dir eigentlich bewusst, welche Wirkung dein Aufzug auf mich hat?"

„Genau den, den ich geplant habe." Tina schloss die Augen und genoss Colins Kuss. Colin war ihr in vielen Dingen noch rätselhaft. Aber eines wusste sie: Er begehrte sie. Und ebenso verlangte sie nach ihm, mit einer Stärke, der sie nicht widerstehen konnte.

Colin löste sich von ihr. Er hatte sich schon häufiger

einzureden versucht, dass seine Reaktion auf Tina nur die eines Mannes sei, der sich zu lange von Frauen ferngehalten hatte. Doch zugleich wusste er, dass Tina für ihn nicht irgendeine beliebige Frau war. Mehr und mehr wurde ihm klar, dass er sie immer begehren würde, ganz gleich, wie lange ihre Beziehung dauerte.

„Jetzt tust du es schon wieder." Tina verschränkte die Finger hinter seinem Nacken.

„Was tue ich?"

„Du schließt mich aus. Ich kann es beinahe sehen."

Colin las in Tinas Augen, wie stark sie für ihn empfand. Sie konnte ihre Gefühle einfach nicht verbergen – genauso wenig, wie sie ihre Gedanken für sich behalten konnte. Während der vergangenen Woche hatte er beobachtet, wie ihre Gefühle ihm gegenüber intensiver wurden. Er wagte nicht, dies näher zu definieren. Der einzige Weg, diese Entwicklung zu stoppen, schien jetzt nur zu sein, die volle Wahrheit über sich zu erzählen.

„Einer von uns muss praktisch denken", sagte Colin schließlich und löste ihre Hände von seinem Nacken. „Wenn ich nicht aufpasse, brennt das Abendessen an."

„Das Abendessen?", fragte Tina erstaunt.

„Die Kinder und ich haben eine Überraschung für dich."

Tina folgte Colin auf die Veranda. Auf dem gemauerten Grill in der Ecke glühte Holzkohle, und der Rost war mit Hähnchenstücken bedeckt.

Tina staunte. „Ich habe es schon draußen auf der Straße gerochen, aber ich dachte, dass irgendwelche Nachbarn grillen. Wo hast du das gelernt? Das sieht vorzüglich aus."

Colin schien sich über das Kompliment zu freuen. „Ich kann zwar nicht kochen, aber ich kann lesen. In der Küche habe ich ein Buch über Grillgerichte gefunden. Und die Kinder haben mir geholfen."

„Es duftet ganz toll. Kann ich dir noch helfen?"

„Setz dich hin, und erzähl mir etwas."

„Ich kann nicht stillsitzen. Das konnte ich noch nie, wenn ich glücklich war."

„Du bist immer glücklich."

„Ich war es noch nie so sehr wie jetzt."

Colin wusste, dass dies keine Anspielung auf das Abendessen war. Die Bemerkung war eindeutig auf ihn gemünzt gewesen. Colin hätte Tina am liebsten in die Arme genommen und geküsst, aber er widerstand diesem Drang. Er war sich nicht sicher, ob es beim Küssen bleiben würde.

„Du könntest Blumen für den Tisch pflücken, Tina", schlug er vor.

Sie trat hinter ihn, schlang die Arme um ihn und schmiegte sich an ihn. „Das ist eine gute Idee." Sie umarmte ihn noch einmal, dann ging sie in den Garten.

Colin sah zu, wie Tina einen großen Blumenstrauß pflückte.

„Willst du noch mehr?", rief sie schließlich.

„Das genügt."

„Ich gehe zum Strand hinunter, falls du mich nicht mehr brauchst."

„Geh nur." Er schaute ihr nach, bis sie zwischen den

Büschen verschwunden war. Kaum war sie nicht mehr zu sehen, als er sie auch schon vermisste.

Das Essen war vorzüglich. Lissie und Robin hatten einen Obstsalat angerichtet, und Colin war es gelungen, Reis zu kochen, ohne ihn anbrennen zu lassen. Als krönenden Abschluss gab es Eis.

„Wir sind wie eine Familie“, meinte Lissie, nachdem sie ihr Eis gegessen hatte.

Tina musterte verstohlen Robin, der nachdenklich aussah. Dann wandte sie sich Colin zu. Dieser schaute aus dem Fenster, und sie konnte seine Augen nicht sehen. Doch irgendwie wusste sie, dass er traurig war.

Die Kinder bestanden darauf, den Abwasch zu erledigen, worüber sich Tina ebenso wunderte wie über das überraschende Abendessen. Dann gingen sie alle vier an den Strand und wateten in dem ruhigen blauen Wasser.

Später am Abend hatten Tina und Colin Gelegenheit, miteinander allein zu sein. Colin hatte Tina und die Kinder nach Haus begleitet und den Computer und den Drucker mitgenommen. Die Schule begann wieder, und die Kinder würden deshalb wenig Gelegenheit haben, weiterhin abends zu Colin zu kommen.

Ohne Protest gingen Lissie und Robin ins Bett. Colin erzählte Lissie eine Geschichte über Walfänger, einen Schiffbruch und einen einsamen Leuchtturmwärter. Robin hörte zu, schlief dabei aber auf Lissies Bett ein und musste in sein Zimmer getragen werden.

„Colin, du solltest jetzt mit mir nach draußen kommen.

Es ist gleich acht Uhr."

„Was geschieht um acht Uhr?"

Tina nahm ihn an die Hand, erzählte ihm die Geschichte von dem nachtblühenden Kaktus und ging dabei mit ihm in den Garten. Von den Theorien, die Glorys Großmutter über die Liebe entwickelt hatte, verriet sie aber nichts. Sie wollte Colin nicht in Verlegenheit bringen.

„Du lebst hier schon sechs Monate, und ausgerechnet heute Abend musst du das Ding blühen sehen?"

„Dies ist die richtige Nacht dafür, Colin. Warte noch einen Moment."

Tina schaltete das Licht im Garten aus, der jetzt nur noch vom Mondschein erhellt wurde.

„So ist es besser. Bei all den Lampen könnte der Kaktus denken, die Sonne sei noch nicht untergegangen, und es ablehnen zu blühen."

„Wie lange müssen wir warten?"

„Bis die Zeit für die Liebe gekommen ist", erwiderte Tina, ohne nachzudenken.

„Was redest du da?"

Tina spürte, wie sie errötete. Es war nicht gerade ihre Stärke, ein Geheimnis zu bewahren. „Deborah und Glory meinten, wenn ich diesen Kaktus beobachte, werde er mich etwas über die Liebe lehren."

Colin konzentrierte sich auf den Kaktus. „Sie haben dich auf den Arm genommen. Wenn der Kaktus dich etwas lehren kann, dann dass die Liebe voller Dornen ist und Blüten nicht halten, was sie versprechen."

„So sehe ich das überhaupt nicht."

Colin wusste, dass er lieber nicht fragen sollte, aber er konnte es nicht unterdrücken. „Was siehst du?“

„Vorhin habe ich gelernt, dass Liebe für jeden Menschen etwas anderes bedeutet. Jetzt weiß ich, dass man Liebe nicht erzwingen kann. Sie blüht, wann sie es für richtig hält.“

„Ich glaube nicht, dass die Blüten das Warten lohnen.“

„Schau nur.“ Tina zeigte auf eine der Knospen. „Sie beginnt sich zu öffnen.“

Schweigend sahen Tina und Colin zu, wie die Blüte in der Blüte sichtbar wurde. Inzwischen hatten weitere Knospen begonnen sich zu öffnen. Der Kaktus war jetzt von Blüten übersät.

„Colin“, sagte Tina schließlich leise. „Hast du jemals so etwas gesehen?“

„Nein.“

Tina setzte sich auf eine Bank, die in der Nähe stand.

„Nun, was hast du jetzt gelernt, Sonnenblume?“

„Dass du unrecht gehabt hast. Die Blüten waren es wert, auf sie zu warten.“

„Was geschieht, wenn die Sonnenstrahlen sie treffen?“

„Dann schließen sie sich.“

Colin trat hinter Tina und legte die Hände auf ihre bloßen Schultern. Tina lehnte sich gegen ihn, während er mühsam beherrscht sagte: „Wenn der Kaktus etwas über die Liebe erklären kann, dann dies, dass der Zauber nur kurze Zeit dauert. Danach stirbt er, weil er die Hitze nicht ertragen kann.“

„Nein, das stimmt nicht, Colin. Mir sagt er, dass Geduld sich auszahlt. Auch wenn die Liebe nicht sichtbar ist, wird sie aufblühen, wenn ich darauf warte."

„Wie bist du darauf gekommen, mit Glory und Deborah über dieses Thema zu reden?"

„Du kennst die Antwort, nicht wahr?"

„Du solltest dich besser nicht in mich verlieben, Tina."

Sie nahm seine Hand, führte sie an die Lippen und küsste seine Fingerspitzen. „Warum nicht? Kannst du mich nicht auch ein wenig lieben?"

„Ich kann niemanden lieben."

„Warum nicht?"

„Ich kann es einfach nicht. Wir können Freunde sein, aber mehr nicht. Unsere Beziehung führt zu nichts."

„O doch, einen Erfolg hat sie schon gehabt. Ich habe mich in dich verliebt. Und was auch immer du behaupten magst: Ich bin dir auch nicht gleichgültig."

Colin konnte dazu nichts sagen, denn Tina hatte recht. Seine Gefühle ihr gegenüber waren denen der Liebe sehr nahe. Aber Liebe war etwas, was er sich nicht leisten konnte. „Wenn du morgen aufwachst, wird dieser Kaktus aussehen wie immer. Du wirst merken, dass du dich vom Mondschein hast verführen lassen."

„Wenn ich morgen erwache, möchte ich in deinen Armen liegen. Colin, ich weiß zwar nicht, was uns deiner Meinung nach trennt. Aber ich bin sicher, dass wir es überwinden könnten, wenn wir uns zusammentun. Ich liebe dich, ich begehre dich, und ich weiß, dass auch du mich begehrst."

Colin war klar, was diese Worte bedeuteten. Tina gab sich ihm zum Geschenk, obwohl sie keine Garantien von ihm hatte. Er umarmte sie fest und gab sich für einen köstlichen Moment der Vorstellung hin, wie es sein würde, mit ihr zu schlafen. Er wusste, dass die Vereinigung ihrer beiden Körper für ihn ein unvergessliches Erlebnis sein würde. Es würde ihn sehr verändern.

„Colin?", fragte Tina leise. „Willst du mich nicht mehr?"

„Mehr als alles andere auf der Welt."

„Was hindert dich dann?"

„Es gibt Dinge, die du nicht weißt. Meine Zukunft ist ungewiss. Vielleicht bin ich schon morgen nicht mehr hier."

„Ich würde auf dich warten."

„Ich kann dir nicht geben, was du dir wünschst. Ich bin nicht der Mann, für den du mich hältst."

„Kannst du mir nicht sagen, was dich bedrückt?"

Colin wusste, dass er das tun sollte. Schon seit Langem hätte er ihr gegenüber ehrlich sein sollen. Doch er fand nicht den Mut dazu. Er würde zusehen müssen, wie sich ihre Liebe in Abneigung und Furcht verwandelte, und das konnte er nicht ertragen. „Es gibt nichts, was ich dir zu sagen habe."

Tina spürte, dass sie nichts an seinem Entschluss ändern konnte. Seine Vergangenheit blieb ihr verschlossen. „Was auch immer es ist, es ist für mich unwichtig." Sie strich ihm mit dem Finger über die Wange. „Ich werde dich nicht wieder fragen."

„Jetzt gehe ich nach Hause." Er gab ihr einen Kuss.

„Geh du zu Robin und Lissie zurück."

„Glory bleibt bei ihnen, wenn ich sie frage. Lass mich mit dir kommen."

„Nein." Colin streichelte ihr Haar und küsste sie. Dann schob er sie abrupt von sich und verschwand in der Dunkelheit.

Tina stand allein vor dem blühenden Kaktus und fragte sich, was sie noch alles über die Liebe würde lernen müssen.

## 8. KAPITEL

Colin saß auf der Terrasse und sah die Sonne über dem bewegten Wasser der Onamahu-Bucht aufgehen. Sie würde gleich wieder hinter dunklen Wolken verschwinden. Es regnete, und der Wind wehte einen feinen Wasserschleier zu ihm herüber, was Colin kaum bemerkte. Er ertappte sich dabei, dass er sich fragte, ob der nachtblühende Kaktus bei diesem Wetter auch tagsüber blühen würde.

Für einen Moment schloss Colin die Augen. Die Antwort auf diese Frage war nicht wichtig. Nur eines zählte: Tina liebte ihn.

Colin hatte dies alles geahnt, und jetzt war es zu spät. Sie liebte ihn, und er liebte sie. Das war ihm in der vergangenen Nacht klargeworden. Er hatte lange wachgelegen und über das nachgedacht, was er Tina angetan hatte. Es waren schmerzliche Gedanken gewesen.

Er hatte keine Ahnung, was er jetzt tun sollte. Colin fragte sich, wo Tina wohl war und was sie gerade machte.

Es tat ihm leid, dass er sie so schroff zurückgewiesen hatte. Jetzt würde sie glauben, schuld daran zu sein. Er hätte ihr die Wahrheit über sich erzählen müssen. Und weil er das nicht getan hatte, fühlte er sich schuldig. Seine Stimmung verdüsterte sich immer mehr.

Er wusste nicht, wie er ihr heute in die Augen sehen sollte, konnte aber ein Treffen mit ihr nicht vermeiden. Robin und Lissie hatten darauf bestanden, dass er am Nachmittag zu ihnen kam, denn sie wollten ihm von ihrem ersten Schultag berichten. Er war sich nicht sicher, ob er die Kraft aufbringen würde, Tina zu begegnen. Er konnte es nicht ertragen, ihren Schmerz mit ansehen zu müssen.

„Colin! Wo bist du?“

Die Tür zur Veranda wurde aufgestoßen.

„Da bist du ja. Ist das nicht ein schreckliches Wetter?“

Die lockenhaarige Erscheinung mit dem schelmischen Lächeln und den Regentropfen, die ihr von der Nase liefen, sah keineswegs wie eine schmerzerfüllte Frau aus. Tina war voller Lebenslust wie immer.

„Was machst du hier?“ Colin stand auf, um sie zu begrüßen.

„Robin und Lissie waren heute Morgen schon ganz früh auf, viel zu früh für die Schule. Ich habe sie zu Deborah geschickt. Du hast letzte Nacht nicht viel Schlaf bekommen, nicht wahr? Du siehst schrecklich aus.“

„Das kann man von dir nicht sagen.“

Tina entging nicht die leise Ironie in Colins Worten. Ihr Lächeln vertiefte sich. „Du magst es, wenn deine Frauen nass sind?“

„Kann dich gar nichts umwerfen, Sonnenblume?“

„Doch. Krieg, Verbrechen, Armut …“ Sie legte den Finger an das Kinn und dachte einen Moment nach. „Hunger, Krankheit …“

„Hör auf.“ Colin ging auf sie zu und packte sie an den Schultern. „Du weißt, dass ich von gestern Abend rede.“

„Du brauchst ein gutes Frühstück. Dein Blutzucker ist zu niedrig. Komm mit ins Haus, ich koche für dich, denn das Frühstück im Hotel wird sich heute verspäten. Deborah muss erst die Kinder loswerden."

„Du wirst hier nichts tun."

Tina sah Colin schweigend an.

„Warum bist du nicht böse auf mich?", fragte Colin herausfordernd.

„Ich habe dir doch schon einmal gesagt, dass ich meine Energie nicht für so etwas verschwende."

„Vielleicht unterdrückst du deine Gefühle."

Tina verzog nachdenklich das Gesicht, dann sagte sie: „Ich glaube nicht."

„Du solltest böse auf mich sein. Ich bin es jedenfalls."

„Warum sollte ich? Weil du nein gesagt hast, als ich mich dir an den Hals warf? Bisher waren es immer die Frauen, die die Männer abgelehnt haben. Es wird Zeit, dass die Rollen vertauscht werden."

Colin wurde bewusst, wie fest er Tinas Schultern umklammert hielt. Er lockerte seinen Griff ein wenig. „Ich habe nicht nein gesagt, ich habe gesagt, dass ich nicht kann."

„Gestern Abend dachte ich zuerst, dass es da keinen Unterschied gibt. Dann habe ich darüber nachgedacht, mit welchem Wort die Leute auf Hawaii die Liebe bezeichnen. Sie sagen ‚Aloha'. Das bedeutet Willkommen, Lebewohl und Liebe. Es ist kein Zufall, dass alles dies durch ein einziges Wort ausgedrückt wird. Die Liebe ist ein ständiger Wechsel von Wiedersehen und Abschiednehmen. Das hat mich der nachtblühende Kaktus gelehrt. Auch die Liebe hat Ebbe und Flut, kennt Aufblühen und Zeiten der Ruhe. Nichts kann das Aufblühen beschleunigen. Es war ein Fehler von mir, das zu versuchen."

„Das war kein Fehler."

„Ich liebe dich, Colin. Ich kann ewig warten, wenn es so lange dauert, bis auch du mich liebst."

„Du verdienst etwas Besseres."

„Es gibt nichts Besseres."

Colin streichelte ihren Nacken und ihre bloßen Schultern. Ein Zweig mit Ingwerblüten steckte in ihrem Haar. Der Duft der Blüten erinnerte ihn an die Nacht des großen Festes und an seine Absicht, mit ihr zu schlafen, ohne Rücksicht auf die Folgen. Doch er war nicht der Mann, der er in dieser Nacht versucht hatte zu sein. Er konnte Tina nicht für ein flüchtiges Abenteuer missbrauchen. Sein Verlangen nach ihr war allerdings nicht geringer geworden.

Zögernd legte Tina die Hände auf Colins Hüften. Sie schloss die Augen und genoss es, von Colin berührt zu werden. Er strich behutsam mit dem Mund über ihre Lippen, und sie schmiegte sich enger an ihn.

Colin merkte, dass er bald nicht mehr die Kraft aufbringen würde, sich von ihr zu lösen. Tina würde ihm gehören, wenn er wollte. Er war so hin- und hergerissen zwischen Begehren und Anstand, dass er kaum noch denken konnte. Ihr weicher warmer Körper raubte ihm den Verstand.

Doch diesmal war es Tina, die sich abrupt von ihm löste. „Ich werde jetzt Frühstück machen. Was möchtest du, Eier und Schinken? Ich glaube, ich sehe besser erst mal nach, was du im Haus hast."

„Tina ..."

„Sag es nicht." Tina legte ihm einen Finger auf die Lippen. „Ein Stück Toast oder zwei?"

„Tina …"

„Lieber Pfannkuchen? Gut. Du brauchst Kohlehydrate." Sie berührte seine Wange. „Geh unter die Dusche, und rasiere dich. Wenn du zurückkommst, werde ich mit dem Frühstück fertig sein. Es wird dir schmecken."

Tina hatte recht. Colin drehte sich schweigend um und ging. Eine kalte Dusche würde ihm jetzt guttun.

Tina beschäftigte sich in der Küche und summte vor sich hin. Doch als sie hörte, wie Colin die Badezimmertür hinter sich schloss, wurde sie ernst. Sie war heute nicht gekommen, um sich Colin aufzudrängen. Sie hatte nur verhindern wollen, dass sich durch den vergangenen Abend eine Barriere von Verlegenheit zwischen ihnen aufbaute. Dazu musste sie den ersten Schritt tun, was ihr nicht leichtgefallen war. Noch schwerer war es gewesen, sich gerade eben aus seiner Umarmung zu lösen. Colin hatte ebenso empfunden, das hatte sie gespürt. Er musste wirklich einen triftigen Grund haben, sich zu beherrschen. Es hatte keinen Sinn, Colin zu etwas zu bewegen, wozu er noch nicht bereit war. Aber dieses Hin und Her würden sie beide nicht mehr lange aushalten.

Mitten in ihren Frühstücksvorbereitungen läutete das Telefon. Colin stand noch unter der Dusche, also nahm Tina kurz entschlossen den Hörer ab. Es konnte sich ja um einen wichtigen Anruf handeln.

„Aloha. Hier bei Watson", sagte sie in geschäftsmäßigem Ton.

Nach einem kurzen Schweigen meldete sich eine Stimme, deren Akzent dem Colins ähnlich klang. „Ich muss falsch gewählt haben."

„Hier ist das Haus von Mr. Watson. Möchten Sie Colin sprechen?"

Der Anrufer schwieg wieder, bevor er in missbilligendem Ton sagte: „Falls er nicht zu beschäftigt ist."

„Er duscht gerade." Tina wurde sich bewusst, dass diese Bemerkung Missverständnisse hervorrufen konnte. „Es ist noch früh hier. Ich mache gerade Frühstück." Das war auch nicht besonders gut gewesen. Sie versuchte es noch einmal. „Er hat letzte Nacht nicht viel Schlaf gehabt." Halt den Mund, Tina, dachte sie.

„Können Sie ihm etwas ausrichten?"

Es entging Tina nicht, dass der Anrufer das Wort „können" betont hatte. Offenbar war er sich nicht sicher, ob ihr Verstand ausreichte, Colin eine Botschaft zu übermitteln.

„Natürlich kann ich das."

„Sagen Sie Colin, dass sein Vater angerufen hat. Ich muss sofort mit ihm sprechen."

„Selbstverständlich, Mr. Channing."

Jetzt trat eine längere Pause ein. Das würde ein teures Gespräch für den Anrufer werden.

„Junge Dame, wer sind Sie?", fragte Colins Vater schließlich.

Tina freute sich, dass sie Gelegenheit bekam, den schlechten Eindruck von vorhin wettzumachen.

„Ich heiße Tina Fielding. Ich leite das Hotel nebenan. Colin hat meinen kleinen Bruder angestellt, um ihm zu helfen, das Grundstück hier in Ordnung zu halten."

„Colin … hält das Grundstück in Ordnung?"

„Ja, und er macht das sehr gut. Allerdings haben er und Robin zuerst die Lilien und andere Zwiebelblumen herausgerissen, weil sie dachten, das sei Unkraut. Aber nachdem Lissie sie aufgeklärt hatte, haben sie alles wieder eingepflanzt. Ihr Sohn ist ein sehr netter Mann, Mr. Channing."

„Soso. Dann sagen Sie meinem sehr netten Sohn bitte, dass er mich anrufen soll, sobald er mit dem Duschen fertig ist, Miss Fielding."

„Gern, Mr. Channing. Es war nett, mit Ihnen zu reden."

Als Colin kurz darauf frisch rasiert in die Küche kam, lächelte Tina ihn an. „Rate mal, mit wem ich eben geplaudert habe." Sie bedeutete Colin mit einer Handbewegung, sich an den Küchentisch zu setzen.

„Mit einer Taube, die sich verflogen hat?"

„Mit deinem Vater."

Für einen Moment glaubte Colin, sie wolle einen Spaß mit ihm machen. „Das ist nicht komisch."

„Oh, das war es doch. Colin, ich habe ihm gesagt, dass du unter der Dusche bist und dass ich Frühstück mache. Was wird er von mir denken?"

Colin interessierte viel mehr, was Tina jetzt von ihm dachte. Welche Geheimnisse konnte sein Vater ihr verraten haben? „Er wird denken, dass du die Nacht hier verbracht hast. Aber was kümmert dich das?"

Tina biss sich auf die Unterlippe. Colin war offensichtlich aufgebracht. „Ich möchte, dass er mich mag. Eines

Tages möchte ich ihn kennenlernen."

Für einen Moment sah Colin seinen ernsten, schweigsamen Vater vor sich, wie er Tina begegnete. Entweder würde sie ihn vollkommen für sich einnehmen, oder sie würde ihn schon in den ersten Minuten zum Wahnsinn treiben. Und seine Mutter? Seine ordnungsliebende, zurückhaltende Mutter? Cynthia Chandler würde über Tinas Offenheit entsetzt sein. Doch zugleich würde sie Tina wahrscheinlich darum beneiden, dass sie sich frei genug fühlte, zu sagen und zu tun, was ihr gefiel.

Colin verdrängte diese Gedanken. Tina würde seine Eltern nie kennenlernen – womit ihnen etwas entgehen würde. „Was hat mein Vater sonst noch gesagt?"

„Er möchte, dass du ihn sofort anrufst."

Colin hatte plötzlich das Gefühl, als würde ihm die Kehle zugeschnürt. Das konnte nur eines bedeuten: Es hatte sich etwas ereignet, das für seine Zukunft entscheidend war, sicherlich nichts Gutes.

„Ich werde ihn nach dem Frühstück anrufen." Colin begann, sich mit seinem Pfannkuchen zu beschäftigen, und er schnitt ihn in winzige Stücke.

Tina merkte, dass mit Colin etwas nicht stimmte. Er war blass geworden, und seine Hände zitterten. Dass sie den Anruf entgegengenommen hatte, konnte damit nichts zu tun haben.

„Dein Vater hatte es ziemlich eilig. Er sagte, du solltest ihn sofort nach dem Duschen anrufen."

„Ich mache das nach dem Frühstück. Das habe ich doch schon gesagt!"

„Es gefällt mir nicht, wenn du mich so anfährst." Tina setzte sich und fing ebenfalls an, den Pfannkuchen in kleine Teile zu zerlegen. „Ich habe doch nichts weiter getan, als den Anruf entgegenzunehmen."

„Darum habe ich dich nicht gebeten."

„Colin, was bedrückt dich? Was ist mit dem Anruf?" Tina berührte seine Hand.

Er zog sie abrupt zurück. „Iss dein Frühstück, Tina, und lass mich in Ruhe."

Sie wusste nicht, was sie tun sollte. Vielleicht half ein Scherz? Oder war es besser, ihn zu bitten, sich von ihr helfen zu lassen? Sie könnte auch in Tränen ausbrechen. Ihr fehlte einfach die Erfahrung, um den richtigen Entschluss zu fassen.

Tina holte Luft und folgte ihrem Instinkt. Mit tiefer Stimme sagte sie: „Klopf, klopf, lass mich herein."

Bevor Colin etwas erwidern konnte, fuhr sie mit hoher Stimme fort. „Nein, meine Mutter hat das verboten."

„Dann werde ich die Wand zerbrechen. Wir werden ja sehen, ob sie aus Ziegeln, Holz oder Stroh ist." Mit ihrer eigenen Stimme fügte Tina leise hinzu: „Bitte, lass sie aus Stroh sein."

„Was fange ich nur mit dir an?" Colin ließ die Gabel fallen und sprang auf.

Tina stand ebenfalls auf, und Colin zog sie verzweifelt in die Arme.

Tina wusste nicht, weshalb Colin litt. Aber er brauchte sie in diesem Augenblick mehr als je zuvor. Und sie brauchte ihn ebenfalls.

Sie stellte sich auf die Zehenspitzen und küsste ihn zärtlich. „Aloha", sagte sie. „Ich werde dich immer lieben."

Eine Stunde später war Tina gegangen. Colin saß auf der Veranda und schaute in den Garten hinaus.

Seine Zeit auf Hawaii war um. Das wusste er, auch ohne dass er mit seinem Vater gesprochen hatte. Er hatte es nicht vermeiden können, sich in Tina zu verlieben, doch für sie und ihn gab es keine gemeinsame Zukunft.

Colin hatte in den vergangenen Wochen ständig in Verbindung mit seinen Anwälten und dem Detektivbüro gestanden. Es hatte keine neuen Spuren gegeben, die zu Sherrys Mörder hätten führen können. Stattdessen hatte sich der Bezirksstaatsanwalt bemüht, das Netz um Colin immer enger zu ziehen.

Colin war klar, dass er bald wieder angeklagt werden würde. Und dieses Mal würden die Geschworenen gegen ihn entscheiden. Er wünschte, Tina würde das nie erfahren.

Als das Telefon läutete, zuckte Colin nicht zusammen. Er ließ es läuten, bis er das Geräusch nicht länger ertragen konnte. Dann ging er in die Küche, nahm den Hörer ab und lauschte den Worten seines Vaters.

„Es hat sich also etwas verändert." Deborah schob Tina einen großen Laib Käse zu. „Mach dich nützlich, und zerschneide ihn."

Deborah lächelte. „Ich brauche dich nur anzusehen."

Tina wurde rot. „Du hast zu viele Kinder, du weißt einfach zu viel."

„Ich weiß, dass du und dieser Fremde mit dem Feuer spielt."

„Nicht so, wie du denkst. Und er ist für mich kein Fremder mehr, Deborah."

„Was weißt du wirklich über diesen Mann, Tina?"

„Genug."

„Wenn du meine Tochter wärst, würde ich dich irgendwo einsperren, damit du in Ruhe nachdenken kannst."

„Nachdenken hilft in meiner Lage wenig."

„Meine Mutter sagte immer: ‚Eine Frau soll mit dem Kopf denken, bevor sie mit dem Herzen entscheidet'."

„Deine Mutter hat auch gesagt, man solle den Kaktus beobachten. Ich habe das getan und etwas dabei gelernt. Die Liebe erblüht, wenn der richtige Zeitpunkt gekommen ist, nicht vorher und nicht später." Tina legte das Messer auf den Tisch und stemmte die Hände in die Hüften. „Wenn ich es mir richtig überlege, muss deine Mutter eine ganze Menge geredet haben. Oder benutzt du sie nur als Vorwand, wenn du etwas sagen willst?"

Deborah lächelte. Ihre Zuneigung zu Tina war unverkennbar. „Ich möchte nicht, dass dir wehgetan wird."

„Ich liebe Colin. Und jetzt weiß ich, dass auch er mich liebt. Nichts kann das verhindern, nichts. Ich werde es nicht zulassen."

„Das ist doch Kindergeschwätz. Die Welt hat es oft genug geschafft, sich zwischen zwei Liebende zu stellen."

„Aber ich lasse das nicht zu."

„Und was ist mit dem Fremden? Wird er es zulassen?" Deborah wandte sich wieder dem Braten zu.

Tina hatte ihre Frage nicht mehr gehört. In Gedanken war sie ganz und gar mit Colin beschäftigt.

Der restliche Nachmittag kam Tina endlos lang vor. Sie nahm ihre Aufgaben wie üblich wahr, schwatzte mit den Gästen, bedauerte den Gärtner und scherzte mit Glory.

Alles war wie immer, und doch hatte sich alles verändert. Tina wusste, dass sie und Colin einander ein unausgesprochenes Versprechen gegeben hatten. Colin hatte sie bedeutungsvoll angesehen, und beim Abschied war er sehr zärtlich gewesen. Sie wusste, dass er sie brauchte und sie liebte.

Je mehr Zeit verging, umso weniger konnte sie es erwarten, Colin wiederzusehen, ihn zu berühren, mit ihm zu reden. Zum ersten Mal war sie eifersüchtig auf Lissie und Robin. Wenn Colin kam, dann wegen der Kinder, und sie würden seine Aufmerksamkeit zuerst beanspruchen. Tina hätte ihn lieber völlig für sich allein gehabt.

Robin hatte sich positiv verändert, seitdem er mit Colin zusammen war. Er wirkte ausgeglichener und ließ sich von Tina sogar Beweise der Zuneigung gefallen.

Es wurde vier Uhr nachmittags, aber Colin war immer noch nicht gekommen. Tina begann sich Sorgen zu machen, und auch die Kinder wurden unruhig.

„Vielleicht hat er etwas zu tun und verspätet sich deshalb. Er wird bald hier sein. Wenn er kommt, rufe ich euch“, sagte Tina zu den Kindern.

„Ich warte hier.“ Robin setzte sich auf das Sofa und stellte den Fernseher an.

„Ich auch.“ Lissie nahm neben ihrem Bruder Platz.

Um siebzehn Uhr waren die Kinder nicht mehr zu halten.

„Gut, wir gehen zu ihm und sehen nach, was ihn festgehalten hat“, gab Tina schließlich nach.

Das brauchte sie nicht zweimal zu sagen. Noch bevor sie den Fernseher ausgeschaltet hatte, waren Lissie und Robin bereits an der Tür.

Robin machte sich bereits auf dem Skateboard davon. Tina und Lissie folgten ihm. Es war ein schöner Tag, und die Sonne ließ die üppig blühenden Blumen in ihrer ganzen Farbenpracht erstrahlen.

Tina dachte daran, wie es ihr hier wohl im Herbst gefallen würde, wenn – anders als in Kansas – die Blätter nicht fielen und die Temperaturen kaum sanken. Würde Colin den Schnee vermissen, wenn es Winter wurde?

„Das Tor ist verschlossen.“ Robin kam auf seinem Skateboard zurückgesaust.

„Ich habe den Schlüssel bei mir.“ Tina gab ihn Robin, der sofort wieder verschwand.

Wenige Minuten später gingen Tina und Lissie durch das offene Tor zum Haus.

„Colin! Robin!“, rief Tina und öffnete die Haustür.

„Er ist nicht hier.“ Robin kam die Treppe heruntergelaufen. „Die Haustür war verschlossen. Ich habe sie für euch von innen geöffnet.“

„Wie bist du ins Haus gekommen?“

„Durch ein offenes Küchenfenster.“

„Wo mag er nur stecken?“

„Es sieht alles so aufgeräumt aus.“ Lissie sah sich im Zimmer um. „Ganz anders als sonst.“

Tina wusste, dass Colin nicht besonders ordentlich war. Er neigte dazu, überall Sachen liegen zu lassen, doch jetzt war alles in bester Ordnung.

Plötzlich kam Tina die Erleuchtung. Wahrscheinlich hatte Mr. Watson sich angekündigt, was Colin möglicherweise von seinem Vater erfahren hatte. „Ich wette, Mr. Watson kommt“, sagte Tina zu den Kindern. „Vielleicht holt Colin ihn jetzt vom Flughafen ab.“

„Warum hat er uns nicht angerufen und das gesagt?“

Das war eine ausgezeichnete Frage. Doch Tina zuckte nur mit den Schultern. „Vielleicht kam alles ganz plötzlich. Ich war heute sehr beschäftigt. Möglicherweise hat er angerufen und für mich eine Nachricht hinterlassen, die mir keiner weitergegeben hat.“

Sie verschlossen die Haustür von innen und verließen das Haus durch das Küchenfenster. Nachdem sie auch das Tor sorgfältig verriegelt hatten, gingen sie schweigend nach Hause.

Im Hotel hatte Colin keine Nachricht für Tina hinterlegt, die sich deswegen jedoch nicht beunruhigen lassen wollte. Colin war ein Mann, der gut selbst auf sich aufpassen konnte. Es gab ganz sicher einen wichtigen Grund für seine Abwesenheit.

Tina bereitete den Kindern ein einfaches Abendessen und half ihnen bei den Schularbeiten. Nachdem sie sie ins Bett gebracht hatte, rief sie in Watsons Haus an, wo sich jedoch niemand meldete.

Sie ging noch einmal zu den Kindern, um mit ihnen zu reden.

„Was ist, wenn er abgereist ist, Tina?“, fragte Lissie.

„Das hat er natürlich nicht getan. Irgendetwas muss ihm heute Nachmittag dazwischengekommen sein.“

„Er hat mir versprochen, dass er mir ein Computer-Programm für meine Mathematikaufgaben schreibt“, sagte Robin.

„Das wird er auch tun.“ Tina setzte sich auf den Rand von Robins Bett. Behutsam berührte sie sein Haar. „Colin würde nicht weggehen, ohne sich von uns zu verabschieden.“

„Mami und Papi haben das getan.“ Robin drehte sich zur Wand herum.

Tina ging ins Wohnzimmer zurück und setzte sich in die Nähe des Telefons, für alle Fälle.

Am nächsten Morgen machte sich Tina ernstliche Sorgen. Ganz gleich, was geschehen war, Colin hätte sie anrufen können. Es sei denn, er war krank, verletzt … oder noch Schlimmeres.

Sie schickte die Kinder zur Schule und eilte gleich anschließend zu Watsons Grundstück.

Als sie den Schlüssel in das Torschloss steckte, sah sie einen Mann auf sich zukommen. Aber es war nicht Colin. Dieser Mann war alt und trug einen verbeulten Strohhut auf dem Kopf.

„Hallo, Miss.“ Der Mann lächelte sie freundlich an. „Wie ich sehe, haben Sie jetzt einen Schlüssel. Das ist einfacher, als über den Zaun zu klettern."

„Ich dachte, Sie seien Rentner geworden."

„Ich habe nur Urlaub gemacht." Der alte Mann zog das Tor auf. „Wollen Sie hier schwimmen?"

„Nein. Ich wollte Colin besuchen."

Der alte Mann schien bekümmert. „Oh, das tut mir leid, Miss. Mr. Chandler ist abgereist."

„Channing", verbesserte sie ihn. „Wohin?"

„Das weiß ich nicht. Er rief mich gestern an und sagte, ich solle wieder zur Arbeit kommen. Ich konnte erst heute wieder erscheinen. Die Flugzeuge gestern waren alle ausgebucht."

Tina verstand das nicht. Colin war abgereist, und der alte Verwalter hatte die Arbeit wieder aufgenommen.

„Wir waren gestern verabredet. Er hätte mich angerufen – es sei denn, es ist ihm etwas zugestoßen."

„Er ist gestern nach dem Mittagessen fortgefahren. Mehr weiß ich nicht."

„Ist Ihnen nicht bekannt, wohin er gereist ist?"

„Mr. Chandler hat mir nur gesagt, es sei Zeit für ihn zurückzufahren", wiederholte der Mann geduldig.

Tina machte sich nicht mehr die Mühe, den Namen zu verbessern. „Das verstehe ich nicht. Was könnte passiert sein? Woher hat er Ihre Telefonnummer?"

„Von Mr. Watson. Ich wusste, dass er irgendwann anrufen würde."

„Das wussten Sie?"

„Natürlich. Ich hatte nicht damit gerechnet, so viel Urlaub zu haben. Ich konnte mir nicht vorstellen, dass jemand wie Nicholas Chandler es hier so lange aushalten würde."

Tina hatte keine Vorstellung, was geschehen sein konnte. Aber das Gespräch mit dem Verwalter brachte sie offensichtlich nicht weiter. Er hatte nicht einmal Colins Namen richtig behalten.

„Hat er eine Adresse hinterlassen, zu der ihm die Post nachgeschickt werden soll?"

„Nein. Mr. Watson weiß wahrscheinlich, wie er ihn erreichen kann."

Tina nickte. Sie glaubte immer noch, Colin werde sie anrufen. „Vielen Dank. Ich will Sie jetzt nicht länger aufhalten." Tina ging durch das offene Tor hinaus.

„Miss?"

Tina blieb stehen. „Ja?"

„Brauchen Sie den Schlüssel noch? Ich möchte nicht, dass Mr. Watson denkt, ich hätte ihn Ihnen gegeben."

Tina öffnete die Hand. „Hier, nehmen Sie ihn." Sie gab ihm den Schlüssel.

„Danke, Miss."

Ohne ein weiteres Wort drehte Tina sich um und ging.

# 9. KAPITEL

Tina ließ die Füße in den Swimmingpool des Hotels baumeln. Sie war dabei, das Becken zu reinigen, und erlaubte sich nur eine kurze Pause. Die Hälfte ihrer Mitarbeiter lag krank im Bett, eine Grippewelle hatte sie erfasst. Deshalb musste Tina jetzt zusätzliche Aufgaben übernehmen.

„Wie ich höre, ist der Luau kommenden Sonnabend abgesagt worden." Mrs. Miraford ließ sich neben Tina nieder.

„Ja, wegen der Grippe. Es tut mir leid."

„Das war ein vernünftiger Entschluss."

„Ich bin froh, dass wenigstens etwas von dem, was ich tue, vernünftig ist."

Mrs. Miraford schwieg eine ganze Weile. Sie überlegte offenbar, ob ihre nächste Bemerkung angebracht sei, konnte sie dann aber doch nicht unterdrücken. „Mir ist aufgefallen, dass Sie seit Wochen sehr bedrückt sind."

„Ich bin wohl leicht zu durchschauen, wie?"

„Ja."

Beide schwiegen. Dann begann wieder Mrs. Miraford: „Deborah ist krank, nicht wahr?"

Tina nickte.

„Und Glory auch?"

„Ja."

„Dann bin ich die Einzige, die übriggeblieben ist."

Tina kannte Mrs. Miraford lange genug, um zu verstehen, was sie damit meinte. „Sie haben nichts dagegen, wenn ich mich bei Ihnen ausspreche?"

„Deswegen bin ich gekommen."

„Es ist eine lange Geschichte."

„Ich kann immer noch gut zuhören."

Seitdem Colin so plötzlich ohne Abschied verschwunden war, hatte Tina das Bedürfnis, sich jemandem anzuvertrauen. Sie berichtete jetzt die ganze Geschichte, wobei sie allerdings die intimsten Einzelheiten ausließ. Sie endete damit, dass sie ihr Gespräch mit dem Verwalter schilderte.

„Er nannte Colin dauernd ‚Mr. Chandler', als kenne er ihn gar nicht. Einmal sprach er sogar von ‚Nicholas Chandler'. Das habe ich überhaupt nicht verstanden."

Mrs. Miraford schwieg.

„Was sagen Sie dazu?" Tina sah Mrs. Miraford an, die blass geworden war.

„Fehlt Ihnen etwas?", fragte Tina besorgt.

Mrs. Miraford holte tief Luft. „Es ist nur ein kleines Unwohlsein."

„Kommen Sie, wir gehen in Ihr Apartment." Tina hatte ihre eigenen Probleme für einen Moment vergessen. „Vielleicht ist es die Grippe. Ich werde den Arzt rufen."

„Nein, nein, das ist nicht nötig. Aber ich werde mich eine Weile hinlegen und ausruhen." Mrs. Miraford stand auf. „Wir reden später noch einmal miteinander."

Mrs. Miraford entfernte sich so schnell, dass Tina sie eigentlich für gesund hielt.

Es hatte Tina aber gutgetan, sich bei jemandem auszusprechen. Sie glaubte immer noch, Colin werde eines Tages anrufen oder zurückkommen, doch dieses Warten zerrte an ihren Nerven.

Auch die Kinder waren entmutigt. Anders als Tina glaubten sie nicht, dass Colin wiederkommen würde. Robin hatte seinen Computer im Schrank verstaut und beschäftigte sich nicht mehr mit ihm. Stattdessen war wieder der Lärm seines Skateboards zu hören, was alle nervös machte.

In Gegenwart der Kinder war Tina fröhlich und optimistisch. Doch kaum waren sie in der Schule, zeigte sie ihre wahren Gefühle. Mrs. Miraford war das aufgefallen, und bald würden es auch andere merken, schließlich wohl auch die Kinder. Manchmal wünschte sich Tina, ebenfalls die Grippe zu bekommen. Dann hätte sie wenigstens eine Entschuldigung für ihre bedrückte Stimmung. Tina nahm sich vor, später am Nachmittag nach Mrs. Miraford zu sehen. Sie ging in die Küche, um zu kontrollieren, ob die Aushilfsköchin das Mittagessen fertig hatte.

Mr. Gleason war gerade damit beschäftigt, seine Schuhe zu polieren. Zwar lebte er jetzt auf Hawaii, wo jedermann barfuß oder in Sandalen herumlief, doch er war daran gewöhnt, stets korrekt gekleidet zu sein, und dazu gehörten nun einmal blitzblank geputzte Schuhe. Als er seine Fliege richtete, klopfte es an der Tür seines Apartments.

„Herein. Die Tür ist nicht verschlossen."

Im Spiegel erblickte er ein Gesicht, von dem er nicht angenommen hatte, es jemals wieder an seiner Tür zu sehen. Er fuhr herum. „Was machst du denn hier?" Er sah sofort, dass Mrs. Miraford geweint hatte.

„Charles." Sie trat ein und schloss die Tür hinter sich.

„Charles, was sollen wir nur tun?“

Mr. Gleason sah sie völlig verblüfft an. Doch schließlich fasste er sich wieder. „Marion, um Himmels willen, was ist geschehen?“ Er nahm sie am Arm und führte sie zum Sofa. „Komm, setz dich. Du siehst aus, als wärst du einem Gespenst begegnet.“

„Das bin ich auch, Charles. Es ist schrecklich. Und ich habe sonst niemanden, dem ich mich anvertrauen könnte.“

Mr. Gleason nickte. Die acht Monate Schweigen schien es nie gegeben zu haben. „Natürlich, meine Liebe. Erzähl mir, was ist denn los?“

Mrs. Miraford öffnete ihre Handtasche und zog einen Zeitungsausschnitt heraus. „Das ist aus dem ‚Sunday Star‘.“

Mr. Gleason setzte die Brille auf, rückte sie zurecht und las den Zeitungsausschnitt. Als er mit der Lektüre fertig war, ließ er das Papier sinken. „Ich verstehe nicht, wieso dich das aufregt. Der Mann wird angeklagt, seine Frau ermordet zu haben. Das war vor einigen Monaten ein Fall, der durch die Presse ging. Sie werden ihn wieder vor Gericht stellen, denn beim letzten Mal waren sich die Geschworenen nicht einig. Aber das ist doch kein Grund zur Aufregung für dich.“

Schweigend zog Mrs. Miraford ein weiteres Stück Papier aus der Handtasche. „Das gehört zu dem Artikel.“

Mr. Gleason betrachtete das Bild, verstand aber immer noch nicht, weshalb Mrs. Miraford so außer sich war. Das Foto war aus einiger Entfernung aufgenommen worden und nicht sehr deutlich.

„Ich verstehe nicht, Marion. Wo liegt das Problem?"

„Erkennst du den Mann nicht?"

„Ich glaube nicht. Aber ich verfolge die Nachrichten nicht regelmäßig. Hatte der Bursche nicht einen Bart?"

„Charles, kommt er dir wirklich nicht bekannt vor?"

Mr. Gleason sah sich das Foto noch einmal genauer an. „Nein ... das heißt, Moment mal ... doch. Er sieht dem Freund der kleinen Tina ähnlich, diesem Colin."

„Nicholas Chandler ist Colin Channing. Ich bin mir da völlig sicher." Mrs. Miraford nahm das Bild wieder an sich. „Was können wir nur tun? Das Kind hat keine Ahnung davon. Der neue Verwalter auf dem Grundstück, ich meine, der alte ..." Sie unterbrach sich und begann dann noch einmal. „Der Verwalter, der jetzt dort ist, hat Tina Colins wirklichen Namen genannt, aber sie hat das nicht gemerkt."

„Vielleicht weiß sie nichts von dem Fall. Tina hat mir mal erzählt, dass sie nur ungern Zeitungen liest. Sie würde allerdings sofort eine Zeitung abonnieren, wenn sie nur noch gute statt der schlechten Nachrichten darin fände."

„Das Kind ist einfach zu gut für diese Welt."

Mr. Gleason nahm Mrs. Mirafords Hand. „Stimmt. Du hattest völlig recht, mit der Sache zu mir zu kommen, Marion. Wir müssen Tina aufklären, und zwar gemeinsam."

Mrs. Miraford schaute auf seine Hand, die die ihre festhielt. „Charles, was würde ich nur ohne dich tun?"

„Ich weiß, dass du mich brauchst. Deshalb habe ich das Aikane-Hotel auch nicht verlassen, nachdem du aufgehört hattest, mit mir zu reden."

„Das stimmt nicht. Nicht ich habe aufgehört, du wolltest nicht mehr mit mir reden." Sie schluchzte einmal kurz auf.

„Du hast dich über das geärgert, was ich über Billy gesagt habe."

„Nein. Du warst mir böse, weil du glaubtest, ich liebte ihn mehr als dich."

„Und? Stimmte das etwa nicht?"

„Ich liebe dich auf andere Weise. Billy ist mein Baby. Vielleicht habe ich ihn zu sehr verwöhnt." Sie lächelte Mr. Gleason an. „Wusstest du, dass Billy Weihnachten heiraten will? Das Mädchen ist auch Ärztin."

„Er hat dich lange nicht mehr besucht."

„Ich war bei ihm. Hawaii scheint ihm nicht zu gefallen."

Beide schwiegen.

Schließlich begann Mr. Gleason: „Wie bringen wir es ihr bei?"

„Ich werde Tina anrufen und sie bitten, in mein Apartment zu kommen. Dort kannst du es ihr sagen."

Mr. Gleason richtete sich auf. „Moment mal, Marion."

„Bitte, Charles, ich bringe das nicht fertig. Aber ich werde bei dir sein."

Mr. Gleason streichelte ihre Wange. „Gut, einverstanden. Und nun zu uns. Marion, es muss Schluss sein mit dem dummen Streit. Wir werden beide nicht jünger, und ich habe nicht vor, auch nur einen einzigen weiteren Moment ohne dich zu leben."

„Charles, Darling." Mrs. Miraford beugte sich zu ihm und küsste ihn.

Am Nachmittag klopfte Tina an Mrs. Mirafords Tür.

„Es scheint Ihnen besser zu gehen", sagte sie erfreut. Mrs. Mirafords Blässe war wieder einer gesunden Gesichtsfarbe gewichen. „Es war wohl doch nicht …" In diesem Moment erblickte Tina Mr. Gleason. Sie war sprachlos vor Verblüffung.

„Hallo, Tina. Kommen Sie, setzen Sie sich hierher." Er zeigte auf einen Sessel.

Tina nahm Platz und sah Mrs. Miraford an, die den Blick aber nicht erwiderte.

Mr. Gleason räusperte sich. „Marion, setz dich neben mich. Tina, wir haben etwas mit Ihnen zu besprechen."

Endlich fand Tina ihre Sprache wieder. „Sie reden wieder miteinander!"

„Ja. Wir möchten sobald wie möglich heiraten. Aber das ist jetzt nicht wichtig. Wir wollten mit Ihnen über Colin reden."

„Über Colin?"

„Ja. Das heißt, sein Name ist nicht Colin Channing. In Wirklichkeit ist er Nicholas Chandler."

„Sie reden ja auch wie der Verwalter."

„Der Verwalter hatte recht. Nicholas hat sich Ihnen unter einem anderen Namen vorgestellt, weil er nicht wollte, dass Sie ihn erkennen."

„Aber … wer ist er dann?" Tina verstand nichts mehr.

Nicholas Chandler ist einer der reichsten Männer in Neu-England. Ihm gehört auch die ‚Whiz-Kid'-Computergesellschaft. Seine Familie besitzt außerdem eine bedeutende Reederei."

„Woher wissen Sie das alles?“

„Das stand in der Zeitung.“

„Leute kommen nicht in die Zeitung, weil sie reich sind.“ Tina blickte Mr. Gleason forschend an und bemerkte den traurigen Ausdruck in seinen Augen. „Was hat er getan?“, fragte sie leise.

„Er ist angeklagt, seine Frau ermordet zu haben.“

Das Schweigen, das jetzt eintrat, schien sich endlos hinzuziehen. Für Tina fügte sich plötzlich alles, was sie von Colin wusste, zu einem Bild zusammen.

„Das hat er nicht getan“, sagte sie schließlich kaum hörbar.

„Das mag sein, aber der Staatsanwalt nimmt es an.“ Mr. Gleason berichtete Tina, was er über den Mordprozess wusste. „Chandler ist nach der Verhandlung offenbar hierhergekommen, um sich der Öffentlichkeit zu entziehen.“

Deshalb also war er so menschenscheu gewesen. „Als wir in Honolulu waren, haben wir im Chinesenviertel gegessen, wo man nicht einmal Englisch spricht“, erzählte Tina. „Bei unserem Spaziergang in Waikiki trug er eine Sonnenbrille, obwohl der Himmel bedeckt war. Ich habe ihn deshalb aufgezogen.“ Sie atmete tief durch. „Der arme Colin. Deshalb ist er verschwunden, ohne sich von mir zu verabschieden. Er wollte nicht, dass ich davon erfahre.“

Mrs. Miraford und Mr. Gleason tauschten einen langen Blick aus.

Tina stand auf. „Ich muss zu ihm. Sonst denkt er noch, ich glaube diesen ganzen Unsinn.“

„Aber Tina.“ Mr. Gleason erhob sich ebenfalls. „Das

sollten Sie nicht tun. Der Mann hat Ihnen einen Haufen Lügen erzählt. Er wäre beinahe verurteilt worden, und alle halten ihn für schuldig."

„Nicht alle, sonst wäre er verurteilt worden. Ich muss noch heute zu ihm. Ach nein, das geht ja nicht. Deborah und Glory sind krank, keiner kann sich um die Kinder und das Hotel kümmern."

Jetzt mischte sich Mrs. Miraford ein. „Das übernehme ich", erklärte sie mit entschlossener Miene. „Tina, fahren Sie zu ihm. Sie müssen die Wahrheit selbst herausfinden. Und du wirst mir helfen, Charles!"

Mr. Gleason wusste, wann er sich geschlagen geben musste. „Nun gut. Ich kümmere mich um das Hotel, Marion, und du übernimmst die Kinder. Ich lebe jetzt lange genug hier, um mit diesen Dingen zurechtzukommen."

Tina umarmte ihn dankbar. „Wie kann ich das nur wiedergutmachen?"

„Verschwenden Sie keine Zeit mehr, Tina. Sie sollten gleich das nächste Flugzeug nehmen."

Nach einem langen und anstrengenden Flug war Tina schließlich in Boston gelandet. Unterwegs hatte sie mehrere Zeitungen gelesen. Alle berichteten über den Prozess gegen Nicholas Chandler. Mr. Gleason hatte recht gehabt, jeder hielt ihn für schuldig.

Kaum hatte Tina ihren kleinen Koffer erhalten, als sie in die nächste Telefonzelle eilte. Doch Nicholas Chandler stand nicht im Telefonbuch. Vielleicht hatte er eine Geheimnummer? Es konnte auch sein, dass er außerhalb Bostons wohnte. Für einen Anruf in seiner Firma war es aber bereits zu spät. Tina überlegte verzweifelt, wie sie ihn erreichen konnte.

„He, junge Frau, sind Sie fertig? Ich habe ein eiliges Gespräch zu führen."

Tina drehte sich um. Ein Taxifahrer stand vor der Telefonzelle.

„Mein Funkgerät ist nicht in Ordnung, müssen Sie wissen. Ich muss mich bei der Zentrale melden."

„Ja, bitte." Tina verließ die Telefonzelle und wartete geduldig, bis der Mann sein Gespräch beendet hatte.

Als er wieder herauskam, sah er Tina prüfend an. „Junge Frau, frieren Sie nicht in dem Aufzug?"

Tina hatte nur ein dünnes Sommerkleid an. „Auf Hawaii ist es warm", erklärte sie. „Ich hatte nicht daran gedacht, wie das Wetter hier sein würde."

„Haben Sie keinen Mantel dabei?"

„Einen Pullover." Sie zeigte auf ihren Koffer.

„Soll ich Sie vielleicht irgendwohin bringen? Ich bekomme jetzt sowieso keine Aufträge mehr, bevor das Funkgerät repariert ist. Sie werden sich hier eine Erkältung holen."

„Ich weiß noch nicht, wohin ich gehe."

„Vielleicht kann ich Ihnen helfen." Der Mann schien ehrlich besorgt zu sein.

Tina war allein in einer fremden Stadt und brauchte dringend Hilfe. „Ich muss unbedingt zu Nicholas Chandler. Aber ich weiß nicht, wo ich ihn erreichen kann. Haben Sie eine Idee? Könnten Sie mich zu ihm fahren?"

„Der Mann, der seine Frau erschossen haben soll?“

„Ja.“

„Sie wollen tatsächlich zu ihm? Aber der Mann könnte gefährlich sein.“

„Er hat es nicht getan“, widersprach Tina voller Überzeugung.

Der Taxifahrer ging mit ihr zu seinem Wagen. „Woher wissen Sie das?“

„Ich weiß es einfach.“

Er nickte. „Und Sie wollen ihn sehen?“

„Ich muss es. Können Sie herausfinden, wo er wohnt?“

„Vielleicht.“

„Bitte. Ich bezahle Sie auch für Ihre Zeit.“

„Ich habe alle Filme mit James Bond gesehen, und ich dachte immer, ich wäre auch ein guter Agent. Als ich jünger war, sah ich dem Burschen ähnlich, der Bond spielte.“

„Sie sehen ihm immer noch ähnlich – sehr sogar.“

„Also, ich werde Ihnen helfen.“

Tina bedankte sich bei ihm mit einem strahlenden Lächeln.

Nach zweistündiger Fahrt, die sie durch nahezu ganz Boston geführt hatte, hielt Fredo – so hieß der Taxifahrer – vor einem dreistöckigen Backsteingebäude. Fredo hatte alle seine Verwandten, Freunde und Kollegen eingespannt und war jeder Spur nachgegangen. Jetzt endlich standen sie vor dem Haus der Chandlers. Der entscheidende Hinweis war von einem Polizeibeamten gekommen, den Fredo kannte.

„Es ist schon ziemlich spät", meinte Fredo.

„Er wird froh sein, mich zu sehen. Was schulde ich Ihnen?"

„Mal sehen. Die Fahrt vom Flughafen hierher kostet zehn Dollar."

„Fredo, was bin ich Ihnen schuldig?"

„Ist das zu viel? Gut, sagen wir fünf."

„Vielleicht dreißig. Ich bin zwar aus Kansas, aber ich lebe nicht hinter dem Mond."

„Ach was, Sie schulden mir gar nichts. Das war ein großer Spaß für mich. Vielleicht werde ich doch noch Detektiv. Nun gehen Sie schon. Ich warte hier noch eine Weile."

„Ich kann Ihnen gar nicht genug danken."

„Schon gut. Beeilen Sie sich."

Tina ging die Stufen zur Haustür hinauf und läutete. Nach kurzer Zeit öffnete eine Frau. Ihr abweisender Blick verriet, dass sie Schwierigkeiten erwartete.

„Ich bin nicht von der Presse", erklärte Tina ihr schnell. „Ich bin eine Freundin von Mr. Chandler aus Hawaii."

„So? Er hat nichts davon gesagt, dass er heute Abend Besuch erwartet. Ich darf ihn jetzt nicht mehr stören."

„Hören Sie, wenn Sie jetzt nicht sofort zu ihm gehen und ihm sagen, dass Tina Fielding ihn sprechen will, dann bleibe ich hier stehen und schreie die ganze Nachbarschaft zusammen. Wollen Sie das?"

„Bleiben Sie bitte ruhig. Ich werde ihn fragen. Aber Sie warten hier draußen."

Es dauerte einige Minuten, bis die Haustür wieder geöffnet wurde.

„Mr. Chandler wird Sie empfangen, er kommt gleich herunter. Treten Sie bitte ein."

Die Haushälterin führte Tina in einen Raum, dessen Wände mit Bücherregalen bedeckt waren. Im Kamin brannte ein Feuer. Das Zimmer war gemütlich und geschmackvoll eingerichtet.

Tina trat vor den Kamin, um sich zu wärmen. Sie hörte, wie die Tür der Bibliothek geöffnet wurde, rührte sich aber nicht.

Sie wartete, bis Colin hinter ihr stand. Dann erst drehte sie sich um.

„Du hättest nicht kommen sollen", sagte er grußlos.

Colin schien um Jahre gealtert. Tina sah in seinen Augenwinkeln tiefe Falten, die ihr früher nicht aufgefallen waren.

Wortlos schlang sie die Arme um ihn und legte den Kopf an seine Brust. Colin rührte sich nicht.

„Ich habe mir schreckliche Sorgen um dich gemacht, Colin." Sie umarmte ihn fester.

„Du hättest nicht kommen sollen."

„Doch, das musste ich einfach." Sie hob den Kopf und sah ihm ins Gesicht. „Ich musste dir sagen, dass ich alles weiß und dass ich von deiner Unschuld überzeugt bin. Ich weiß, dass du deine Frau nicht getötet hast. Ich verstehe nur nicht, warum du mich angelogen hast."

„Die einzige Lüge, die ich dir erzählt habe, war mein Name. Dass ich der neue Verwalter bin, hast du dir selbst ausgedacht."

„Glaubtest du, ich würde dich für schuldig halten?"

Colin antwortete darauf nicht.

„Colin, ich liebe dich."

Er löste ihre Arme von seiner Taille und wandte sich dem Kamin zu. „Fahr nach Hause, Tina. Ich möchte nicht, dass du in diese Sache verwickelt wirst."

„Aber das bin ich doch schon."

„Fahr nach Hause."

Tina betrachtete seinen Rücken. In einem Anflug von Panik überlegte sie, was sie tun konnte, falls Colin sich ihr auch weiterhin entzog. Sie musste ihm unbedingt klarmachen, dass er sie brauchte. „Colin, warum bist du verschwunden, ohne mir etwas zu sagen?"

Er zuckte nur mit den Schultern.

„Colin?"

„Ich heiße Nicholas – Nicholas Chandler. Niemand hier nennt mich Colin. Ich bin nicht Colin."

„Colin", wiederholte Tina leise. „Warum hast du mir nicht gesagt, wohin du gehst?"

Er bückte sich und warf ein Holzscheit ins Feuer. „Ich wollte nicht, dass du eine Szene machst."

„Eine Szene?"

„Ja – so eine wie jetzt. Frauen machen üblicherweise eine Szene, wenn sie verlassen werden. Ich nahm an, das würde bei dir auch so sein."

Tina zuckte zusammen, aber sie ließ nicht locker. „Du hast mich nicht verlassen."

„O doch. Ich hatte genug von Hawaii. Und nun fahr zurück, Tina. Du gehörst nach Hawaii, nicht nach Boston."

„Ich liebe dich." Sie legte die Hände auf seine Schultern und spürte, wie er zurückzuckte. „Hast du das vergessen?“

„Du bist noch zu jung, um zu wissen, was du willst.“

„Ich werde mit jeder Sekunde älter. Sprich mit mir. Sag mir, was dich bedrückt.“ Ihre Stimme bekam einen flehenden Klang. „Sei diesmal ehrlich zu mir, Colin. Verbirg deine Gefühle nicht.“

Er drehte sich um und sah sie mit kaltem Blick an. „Gut, dann will ich dir sagen, was du offenbar nicht begreifen willst. Ich war einsam auf Hawaii. Es war bequem für mich, dass du da warst. Du hast mir geholfen, die Zeit zu vertreiben, und dafür bin ich dir dankbar. Aber mehr war es nicht – nur ein Zeitvertreib.“

„Das ist nicht dein Ernst!“

„Hör auf, dich wie ein liebeskranker Teenager zu benehmen, Tina. Verstehst du nicht, was ich dir sage? Ich will dich hier nicht haben, und ganz gleich, was bei dem Prozess herauskommt, auch hinterher will ich dich nicht mehr sehen. Schau dich doch um. Du würdest nie in mein Leben passen. Wenn ich dich ohne Abschied verlassen habe, dann nur deshalb, weil du mir nichts bedeutet hast.“

„Du hast gesagt, dass du mich liebst.“

„So? Tatsächlich?“

„Ja, das hast du gesagt.“

„Na und? Dann waren das nur Worte. Verschwinde jetzt. Wenn du Geld für die Rückreise brauchst, werde ich es dir geben lassen. Aber das ist alles, was du von mir bekommst.“

Tina schloss benommen die Augen, ihr wurde schwindlig. Als sie wieder sprechen konnte, sagte sie: „Bitte ruf mir ein Taxi."

„Dein Taxi wartet noch draußen. Ich habe dem Fahrer sagen lassen, dass er warten soll."

„Ich verstehe." Tina konnte Colin nicht in die Augen sehen. „Dann will ich dich nicht länger aufhalten."

„Du hättest erst gar nicht kommen sollen. Wenigstens einmal hättest du nachdenken sollen, bevor du etwas tust."

„Du brauchst dir meinetwegen keine Gedanken mehr zu machen." Tina nahm ihre Handtasche. Die nächsten Worte brachte sie nur mit großer Mühe hervor. „Ich wünsche dir Glück bei deinem Prozess. Ich hoffe, dass dir Gerechtigkeit widerfährt."

„Ich habe Sherry nicht getötet."

„Gut, dass du das sagst. Ich bekam schon Zweifel." Tina ging zur Tür. Bevor sie das Zimmer verließ, blieb sie für einen Moment stehen. „Aloha, Colin. Aber diesmal bedeutet Aloha nur: Leb wohl."

„Aloha." Colin blieb vor dem Kamin stehen, bis er die Haustür zufallen hörte. Dann ließ er sich in den nächsten Sessel sinken und schlug die Hände vor das Gesicht.

## 10. KAPITEL

Bald wird dich der leiseste Wind umpusten." Deborah musterte Tina, die einen Bikini trug, kritisch. „Du hast mindestens zehn Pfund abgenommen."

„Das stimmt nicht." Tina stieg aus dem Swimmingpool des Hotels, stellte die Filteranlage an und zog ihr Strandkleid über. „Ich muss noch die Bewässerungsanlage einschalten. Wenn der Badewärter und der Gärtner nicht bald wieder mit der Arbeit anfangen, schließe ich das Hotel und biete es zum Verkauf an."

„Auch noch reizbar bist du", bemerkte Deborah. „Hast Gewicht verloren, bist gereizt und trübsinnig."

„Trübsinnig?"

„Ja, wenn du nicht gerade auf jemandem herumhackst. Sie nennen dich am Empfang neuerdings Tina, die Tyrannin. Robin und Lissie haben bereits gefragt, ob sie dich gegen ein besseres Modell umtauschen können."

„Was habt ihr bloß an mir auszusetzen?"

„Seit deiner Rückkehr aus Boston letzte Woche bist du ungenießbar."

Tina wusste, dass Deborah recht hatte. Seitdem Colin ihr gesagt hatte, was er für sie empfand – genauer gesagt: was er nicht für sie empfand –, sah sie keinen Sinn mehr in ihrem Leben. Sie hatte völlig versagt. Niemand liebte sie, weder Colin noch ihre Geschwister. Die Leute lachten alle über sie.

„Alle wollen etwas von mir. Das wird mir zu viel." Tina ging zu der Bewässerungsanlage.

Deborah folgte ihr. „Wir verlangen nicht zu viel von dir. Aber die Kinder brauchen dich, das Hotel braucht dich, und deine Freunde können dich nicht entbehren."

„Ja, ja."

„Du redest wie Robin. Hör endlich mit dem Selbstmitleid auf. Weine oder lache oder schrei, aber hör auf, dich in deinem Unglück zu vergraben. Meine Mutter sagte immer ..."

„Es ist mir gleich, was deine Mutter gesagt hat. Ich will das nicht hören." Tina hielt sich die Ohren zu.

„Tina, wir brauchen dich so, wie du früher warst", rief Deborah laut.

„Und ich brauche Colin!" Tina trat gegen die Bewässerungsanlage und zuckte zusammen, denn sie hatte sich den Zeh verletzt. „Colin – nicht Nicholas Chandler. Den braucht niemand." Wütend stieß sie einige Verwünschungen aus, dann brach es aus ihr heraus, sie schrie, und sie weinte zugleich. Endlich trocknete sie sich schluchzend die Tränen. „Ich werde nie wieder sein, wie ich war. Die alte Tina ist letzte Woche gestorben."

Bevor Deborah dazu etwas sagen konnte, kamen Robin und Lissie auf ihre Schwester zugelaufen. „Tina!" Lissie warf sich ihr in die Arme. „Tina, ich habe Blumen gepflückt, um einen Kranz für dich zu machen. Der wird dich aufheitern."

Tina verbarg das Gesicht in Lissies weichem Haar und weinte.

„Tina?"

Sie spürte Robins Hand auf ihrem Arm. „Tina, wir werden uns bessern. Das verspreche ich dir. Ich werde nicht mehr schmollen. Es tut mir leid, wirklich."

Tina weinte so sehr, dass sie nichts erwidern konnte.

„Tina weint sonst nie." Robin sah seine Tante Deborah betrübt an. „Das ist meine Schuld."

„Nein, das ist es nicht. Tina ist ein Mensch wie du und ich. Auch sie muss manchmal weinen."

„Wir lieben dich, Tina", sagte Lissie. „Weine nicht. Du bist jetzt unsere Familie."

Tina umarmte Robin. Alle drei hockten eng umschlungen zusammen, bis Tinas Tränen versiegten.

„Geht es dir wieder besser?", fragte Robin zweifelnd.

„Ja." Tina schniefte.

„Warum hast du geweint?"

Tina war klar, dass sie jetzt über ihren Besuch in Boston berichten musste. Allerdings verschwieg sie Collins herzloses Benehmen. Stattdessen sagte sie Robin und Lissie, dass Colin sie vermisse, aber nie wieder nach Hawaii kommen könne.

„Er wünscht uns alles Gute", endete sie. Die Lüge bedrückte sie nicht. Sie musste den Kindern eine schwere Enttäuschung ersparen.

„Ich möchte, dass er wiederkommt", erklärte Lissie.

„Ich nicht." Robin zog eine feindselige Miene. „Er hat Tina wehgetan. Ich will ihn nicht mehr hier haben."

Tina wurde bewusst, welch gewaltige Wandlung in Robin vorgegangen war. Er hatte seinen eigenen Kummer vergessen und sorgte sich um sie. Wenigstens musste sie Colin dankbar sein.

Sie umarmte Robin. „Danke, Bruder."

„Ich liebe dich, und ich werde für dich sorgen", erwiderte Robin ernst.

„Tina kann selbst für sich sorgen", warf Deborah ein. „Es genügt, wenn ihr in Zukunft nett zu ihr seid. Sie braucht euch."

„Wie fühlen Sie sich jetzt, Mr. Chandler?"

Colin wusste nicht, welcher der über ein Dutzend Reporter, die ihn umringten, diese Frage gestellt hatte. „Genau so, wie Sie es vermuten. Als wäre ich in der Hölle gewesen und ihr entkommen."

Zwei Polizeibeamte und seine Rechtsanwälte halfen ihm, sich einen Weg durch die Menge zu bahnen.

„Haben Sie damit gerechnet, dass Jenkins ein Geständnis ablegen würde?"

„Ich habe gelernt, mit nichts zu rechnen."

„Haben Sie angenommen, verurteilt zu werden?"

„Ja."

„Hat es Sie getroffen, dass das Verhältnis Ihrer Frau mit Jenkins bekannt geworden ist?"

„Sehr."

„Jenkins wird vielleicht nur wegen Totschlags angeklagt werden. Es sieht ja so aus, als sei Mrs. Chandler eher zufällig getötet worden. Wie denken Sie darüber?"

„Jenkins hat gestanden, weil die Geschworenen heute einen Schuldspruch verkündeten. Wahrscheinlich hat er mich vor lebenslanger Haft bewahrt. Ich missgönne es ihm nicht, wenn er nicht wegen Mordes verfolgt wird."

„Was haben Sie jetzt vor?“

Das war die einzige Frage, über die Colin einen Moment nachdenken musste. Dann sagte er: „Ich werde eine lange Reise unternehmen und versuchen, mein Leben wieder in Ordnung zu bringen.“

„Wird das möglich sein?“ Eine junge Frau stellte diese Frage. Sie war die Einzige, die sich nicht vordrängte.

Colin bemerkte den mitfühlenden Ausdruck in ihrem Blick.

„Ich hoffe es.“

„Ich auch.“

„Wie heißen Sie?“

Sie nannte ihm ihren Namen und den der Illustrierten, für die sie arbeitete.

„Ich bin heute Nachmittag um fünf in meinem Büro. Wenn Sie wollen, können Sie dann ein Interview haben. Und jetzt ist Schluss mit den Fragen.“

Colin hatte inzwischen die Limousine erreicht, die auf ihn wartete. Sein Vater saß auf der Rückbank, und Colin stieg neben ihm ein.

Erst als der Wagen eine Strecke gefahren war, sagte der ältere Chandler: „Ich war mir nicht sicher, ob ich dich jemals wieder wirklich frei sehen würde.“

Colin blickte seinen Vater an. Zum ersten Mal seit Wochen lächelte der alte Mann. Colin erwiderte sein Lächeln. „Ich auch nicht. Wer hätte auch geglaubt, dass Jenkins der Täter war.“

„Er hätte nicht gestanden, wenn du nicht schuldig gesprochen worden wärst. Aber jetzt weiß die ganze Welt, was du mit Sherry durchgemacht hast.“

Colin schaute aus dem Fenster. „Hattest du das vermutet, Vater?“

„Wahrscheinlich wusste ich es immer, aber ich war zu sehr damit beschäftigt, ehrenhaft zu sein und korrekt zu handeln. Deshalb kam ich nicht auf die Idee, ich müsse etwas tun. Du bist nur wegen deiner Mutter und meinetwegen bei ihr geblieben, nicht wahr?“

„Und wegen Sherrys Eltern.“

„Du bist jetzt dreißig, mein Sohn. Ich hoffe, dass dir die Zukunft schönere Jahre bringt. Führe dein Leben für dich, nicht für uns oder andere.“

Colin schwieg. Erst als sie das Firmengebäude fast erreicht hatten, in dem eine kleine Feier zu seinen Ehren veranstaltet werden sollte, sagte er: „Ich werde einzige Zeit nicht da sein. Ich verreise nächste Woche.“

„Nach Hawaii?“

„Woher weißt du das?“

„Es hat etwas mit dem Mädchen zu tun, das meinen Anruf bei Watson entgegengenommen hat, nicht wahr?“

„Ja.“

Mr. Chandler seufzte. „Verrate mir, ist sie wirklich so verrückt, wie sie am Telefon geklungen hat?“

„Noch verrückter.“

Ein langes Schweigen trat ein. „Nun ja“, meinte Mr. Chandler schließlich. „Vielleicht ist sie genau das, was die Familie braucht.“

„Das ist sie.“

„Diesmal bekomme ich Enkel?“

Colin dachte an Robin und Lissie. „Sofort, wenn du Glück hast." Er drückte seinem Vater die Hand und überließ es ihm, diese Worte zu deuten.

Marion Miraford-Gleason stand mit der Zeitung in der Hand vor Tinas Tür. Sie hatte gezögert, aber jetzt holte sie tief Luft und klopfte.

Tina öffnete. „Hallo, Mrs. Mira... Mrs. Gleason." Sie trocknete sich gerade das Haar mit einem Handtuch. „Was kann ich für Sie tun?"

„Jemand muss es Ihnen sagen. Ich bin dafür ausgewählt worden."

„Tatsächlich? Ich freue mich, dass Sie gewonnen haben."

Tina führte Mrs. Gleason ins Wohnzimmer und ließ sie auf dem Sofa Platz nehmen.

„Tina, Charles meint, Sie würden es selbst herausfinden und hätten es vielleicht nicht gern, wenn andere Sie behelligen."

„Sie behelligen mich nie." Tina wartete geduldig. Sie wusste, dass es keinen Zweck hatte, Mrs. Gleason direkt zu fragen, was sie ihr mitteilen wollte.

Doch diesmal kam die Frau ausnahmsweise sofort zum Thema. „Der Chandler-Prozess ist vorbei, Tina. Ein anderer hat ein Geständnis abgelegt. Es war offenbar ein Unfall, aber der Mann wollte sich trotzdem nicht stellen. Sherry Chandler kam um, während er ihr beibrachte, wie man eine Schusswaffe lädt. Sie war damals nicht nüchtern und dieser Mann, Mack Jenkins, offenbar auch nicht. Hinterher lief er weg."

Tina war unendlich erleichtert. Ganz gleich, was sie jetzt Colin gegenüber empfand, sie hatte nie gewünscht, dass er für ein Verbrechen büßen müsse, das er nicht begangen hatte. „Warum hat Jenkins gestanden?"

„Er sagt, er habe nie geglaubt, dass Nicholas Chandler verurteilt würde. Doch die Geschworenen kamen mit einem Schuldspruch. Als der Sprecher gerade erklärte: ‚Wir befinden den Angeklagten für schuldig', da stand dieser Jenkins im Gerichtssaal auf und rief: ‚Nicholas Chandler ist unschuldig. Ich habe sie getötet.'"

„Was für ein Albtraum."

„Jetzt ist alles vorbei. Nicholas Chandler ist frei. Die Polizei sagt, sie habe Jenkins' Geschichte überprüft, sie sei wahr."

„Ich bin froh, dass es vorbei ist." Tina stand auf. „Für uns alle."

Mrs. Gleason drückte einen Kuss auf Tinas Wange. „Verfallen Sie jetzt nicht in Trübsal. Sie können die Geschichte nun allmählich vergessen."

Tina dachte während der folgenden Woche immer wieder an Mrs. Gleasons Worte. Sie wollte versuchen, Colin zu vergessen. Es gab so viele andere Dinge, um die sie sich zu kümmern hatte, und vieles, wofür sie dankbar sein konnte.

Es hatte sich ein ganz neues Verhältnis zwischen ihr, Lissie und Robin entwickelt. Sie waren nun zu einer richtigen Familie zusammengewachsen.

Auch im Aikane-Hotel lief jetzt, nach der Grippeepidemie, alles seinen gewohnten Gang. Gäste und Angestellte schienen sich verabredet zu haben, Tina das Leben angenehm zu machen. Deborah kochte ihre Lieblingsgerichte, und Glory versuchte, möglichst viele Probleme allein zu lösen, bevor sie Tina damit behelligte. Der Gärtner beschwerte sich nicht länger über die Bewässerungsanlage, und keiner der Gäste verlangte, dass sie sich um einen tropfenden Wasserhahn kümmern solle.

Die größte Anstrengung hatte Mr. Gleason unternommen. Er überraschte Tina damit, dass er einen alten Lagerraum ausräumte und ein Konzept entwickelte, diesen in eine Wäscherei umzufunktionieren. Mit dem Umbau sollte bald begonnen werden.

Es war genau eine Woche nach Colins Freispruch. Tina saß am Empfang und war damit beschäftigt, die Post durchzusehen. Es gab eine Menge Rechnungen und einen großen braunen, unfrankierten Umschlag, der an sie persönlich gerichtet war. Neugierig öffnete Tina ihn und zog die letzte Ausgabe eines populären Wochenmagazins heraus.

Auf dem Titelblatt war ein lächelnder Colin abgebildet. Es war eine ausgezeichnete Aufnahme von ihm.

Tina fragte sich, wer sich diesen grausamen Scherz mit ihr erlaubt hatte. Sie erinnerte sich, wie selten Colin gelächelt hatte. Aber jetzt war er ja frei. Lächelte er nun vielleicht ständig?

Dabei fiel ihr ein, dass sie selbst kaum noch lachte. Traurig ließ sie das Magazin sinken. Das Interview mit Colin würde sie später lesen. Jetzt hatte sie nicht die Kraft dazu.

Als sie das Heft auf den Tresen legte, fiel ein metallischer Gegenstand heraus, der Tina bekannt vorkam. Es war der Torschlüssel zu Mr. Watsons Grundstück.

Hoffnungen, die sie längst verschüttet glaubte, wurden plötzlich wieder wach – törichte Hoffnungen, wie sie einsehen musste.

Doch dann schlug sie das Magazin auf und las das Interview mit Colin. Es war mit Einfühlungsvermögen geschrieben.

Unbewusst liefen Tina die Tränen über die Wangen. Colin war als der Mann beschrieben worden, für den Tina ihn immer gehalten hatte – ein Ehrenmann, der das Wohl anderer über sein eigenes stellte, der lieber selbst Enttäuschungen erlitt, als andere Menschen zu verletzen.

Die Reporterin hatte Colin über seine Zukunftspläne befragt. Er hatte erwidert, er wolle die Scherben, in die sein Leben zerbrochen war, wieder zusammenfügen. „Das Verfahren gegen mich hat zu viele Menschen verletzt, vor allem den Menschen, den ich am meisten liebe."

Dieses Zitat war rot unterstrichen.

„Du hast mich verletzt", sagte Tina leise. „Du hat mir wehgetan, Nicholas Chandler. Du hast mir gesagt, du hättest dir nie etwas aus mir gemacht. Ich sei nur jemand gewesen, der dir die Zeit vertreiben sollte."

Doch während sie diese Worte aussprach, verstand sie plötzlich alles. Colin hatte damit gerechnet, dass er für schuldig befunden würde. Er wollte nicht, dass Tina auf ihn wartete, während er im Gefängnis saß. Und er hatte gewusst, dass sie warten würde. Deshalb hatte er ihr Lügen erzählt, schreckliche Lügen, damit sie ihn verließ, ihn hasste.

Tina stand auf. Sie wollte die Hoffnung, die in ihr wachgeworden war, unterdrücken. Doch dann überfielen sie die Erinnerungen. Sie dachte daran, wie Colin ihr gesagt hatte, dass er sie liebe. Sie erinnerte sich an seine Zuneigung gegenüber den Kindern, wie er ins Wasser gesprungen war, als er glaubte, sie ertrinke, an seine Zärtlichkeit.

Nein, er war kein Mensch, der anderen wehtun konnte. Was er getan hatte, sollte zu ihrem Besten sein. Er hatte ihr Leben nicht belasten wollen.

Doch sie hatte das nicht erkannt, sondern hatte ihr Vertrauen in ihn verloren. Sie fragte sich, wie sie so einen schrecklichen Fehler hatte begehen können.

Der Schlüssel, den sie in der Hand hielt – hatte Colin ihn ihr gesandt? Sollte dies ein Zeichen dafür sein, dass Colin auf sie wartete?

Tina wusste nicht, was sie tun sollte. Sie hatte Angst davor, ihrer inneren Stimme zu vertrauen. Sie wollte glauben, dass Colin nach Hawaii gekommen war und sie erwartete. Doch wenn sie zu Watsons Haus ging und Colin nicht dort war – würde sie das ertragen können?

Sie musste gehen, aber sie konnte nicht.

„Tina, komm schnell. Schau dir das an!" Glory riss die Tür auf und winkte Tina aufgeregt zu. „Du wirst es nicht glauben!"

Tina folgte Glory, die durch die Empfangshalle und am Swimmingpool vorbei in den Garten lief. Mehrere Gäste hatten sich um den afrikanischen Tulpenbaum versammelt.

Erst jetzt merkte Tina, dass es regnete.

„Sieh doch nur!" Glory zeigte auf den nachtblühenden Kaktus. „Mr. und Mrs. Gleason ist es aufgefallen, als sie vom Mittagessen kamen. Der Kaktus blüht, obwohl es erst Nachmittag ist. Das Regenwetter hat ihn getäuscht."

„In meinem ganzen Leben habe ich einen solchen Kaktus noch nicht am Tag blühen sehen." Deborah war ebenfalls gekommen. Sie schüttelte den Kopf. „Nicht einmal, wenn der Himmel schwarz bezogen war."

Tina sah, wie sich die Blüten entfalteten und der Kaktus davon geradezu übersät war.

Ihr Gesicht wurde nass, und Tina wusste nicht, ob es der Regen oder ihre Tränen waren. „Ich nehme mir für den Rest des Tages frei", sagte sie. „Sucht nicht nach mir."

Glory sah Tina hinterher, die zur Straße lief. „Glaubst du, dass alles in Ordnung mit ihr ist?", fragte sie Deborah.

„Ohne jede Frage. Deine Großmutter hätte jetzt gesagt, dass du das in einigen Jahren verstehen wirst."

Colin sah das Unwetter über die Onamahu-Bucht ziehen. Dicke schwarze Wolken hatten die Sonne verdeckt. Doch Colin wusste, dass dies nicht lange anhalten würde. Hier war Hawaii, das Land, in dem alles miteinander zusammenhing, wo eins ins andere überging, Sonnenschein und Sturm, Hoffnung in ...

Er stand auf und trat an die Brüstung der Veranda. Der Regen fiel wie ein dichter Silberschleier, alles verschwamm vor Colins Augen. Nur am Strand war ein bunter Farbfleck zu sehen.

Colin konzentrierte seinen Blick darauf. Der Farbfleck bewegte sich, verschwand hinter Bäumen, tauchte wieder auf, kam näher.

Colin vergaß, dass es regnete. Er dachte nicht daran, dass er noch seinen Anzug trug, lief über den Rasen, durch den Garten, hinunter zum Strand. Im Nu war er völlig durchnässt.

Tina hörte ihn kommen. Überglücklich blieb sie stehen und breitete die Arme aus.

Im nächsten Moment lagen sie einander in den Armen.

„Sonnenblume, Sonnenblume – ich hätte nicht gedacht, dich jemals wiederzusehen."

Tina weinte. Sie hatte die Arme um Colins Nacken geschlungen und wollte ihn nie wieder loslassen. „Ich hatte solche Angst, dass du nicht hier sein würdest."

„Kein Wort von dem, was ich dir bei unserem letzten Abschied gesagt habe, war wahr." Er küsste sie zärtlich auf das Haar. „Keines. Ich habe noch nie etwas getan, das mir so schwer gefallen ist."

„Du hättest es nicht tun müssen." Tina lachte und weinte gleichzeitig. „Wie konntest du mir nur solche Dinge sagen, Colin?"

„Ich tat es, weil ich dich liebe."

Er hob ihr Gesicht und küsste sie.

Doch so schnell war der Zorn, der sie wochenlang erfüllt hatte, nicht verflogen. „Warum hast du nicht einfach gesagt, dass du mich liebst? Wozu dieses grausame Spiel?"

„Ich wusste, dass du auf mich gewartet hättest, aber ich wollte dein Leben nicht ruinieren. Das hätte ich dir nicht antun können." Wieder küsste er sie.

„Gerade das hast du aber getan. Du hast beinahe mein Leben zerstört. Hast du gedacht, ich würde nach kurzem Trauern alles vergessen, wie ein Kind, dem ein Spielzeug weggenommen wurde? Ich habe dich geliebt! Ich wollte dir gehören, auch wenn wir nie hätten zusammen sein können."

„Du hast mich geliebt?"

„Ja."

„Und jetzt?"

So leicht wollte sie es ihm nicht machen. „Ich weiß nicht, Nicholas Chandler. Ich bin völlig durcheinander. Deborahs Mutter hätte gesagt ... nun, ich weiß nicht, was sie gesagt hätte, aber meine Mutter ..."

„Tina?"

Sie sah zu ihm auf. „Ja?"

„Du redest zu viel!"

Tina lächelte, und dann brach sie in ein schallendes Gelächter aus, in das schließlich auch Colin einfiel. Sie klammerten sich aneinander und lachten, bis sie schließlich gemeinsam auf den nassen Sand fielen.

„Ich liebe dich", sagte Tina, als sie wieder sprechen konnte. „Ich habe nie aufgehört, dich zu lieben."

„Dann heirate mich, und raub mir für den Rest meines Lebens den Verstand." Colin legte sich auf den Rücken und zog Tina an sich.

Es hatte inzwischen aufgehört zu regnen, und die Sonne kam zögernd hinter den schwarzen Wolken hervor.

„Warum hast du mir das Magazin und den Schlüssel geschickt? Warum bist du nicht selbst gekommen?"

„Ich wollte dir ein wenig Gelegenheit zum Nachdenken geben. Aber du hast nicht lange dazu gebraucht. Ich habe den Umschlag erst vor einer Stunde in deinen Briefkasten geworfen."

„Ich denke immer schnell."

„Dann tu das noch einmal. Wirst du mich heiraten?"

„Ich bringe eine Familie mit, Lissie und Robin."

„Eine angenehme Zugabe."

Tina lächelte ein wenig verschämt. „Willst du auch eigene Kinder haben?"

Sein Lächeln war keineswegs verschämt. „Eine gute Idee. Am liebsten würde ich gleich damit anfangen. Aber erst musst du mir sagen, ob du mich heiratest."

„Zunächst sollten wir einige Dinge klarstellen. Lissie und Robin haben dich sehr vermisst. Sie wären sehr glücklich, dich als Schwager und väterlichen Freund zu haben. Aber es würde ihnen schwerfallen, die Inseln zu verlassen."

„Dir auch?"

Tina nickte und küsste ihn. „Aber nicht so schwer, wie dich zu verlieren."

„Vielleicht könnten wir bleiben."

Tina lächelte. „Ich fürchte, Mr. Watson hat seinen alten Verwalter wieder eingestellt. Deine Erwerbsquelle hier ist versiegt."

„Ich habe Watson das Grundstück abgekauft. Es gehört jetzt uns."

„Aber warum, Colin? Ich hätte nicht von dir verlangt, dass du meinetwegen alles aufgibst."

„Das täte ich sofort, aber es ist nicht nötig. Ich verlege die Geschäftsleitung von ‚Whiz Kid' nach Honolulu. Eine Filiale haben wir schon jetzt hier. Und du könntest weiterhin das Aikane-Hotel leiten."

„Nur weil ich so gern hier bin?"

„Das, und weil ich von meiner Vergangenheit Abstand gewinnen will. Ich muss ganz neu anfangen, hier, mit dir und mit unseren Kindern."

„Und weil ich nicht in dein Leben in Boston passen würde."

Colin erinnerte sich sehr gut an seine Worte. „Nein, damit hat es nichts zu tun. Wir werden oft in Boston sein, weil meine Familie dort lebt. Sie alle werden dich sehr gernhaben."

Tina blickte nachdenklich vor sich hin. „Es klingt beinahe zu vollkommen, und es wird nicht so bleiben. Das ist dir wohl klar?"

Colin verstand, warum sie zögerte. Mit großer Zärtlichkeit zog er Tina an sich.

„Du warst meine Zuflucht, Sonnenblume. Aber jetzt brauche ich keine Zuflucht mehr, jetzt brauche ich dich, in guten wie in schlechten Zeiten. Willst du mich heiraten und den Rest deines Lebens bei mir bleiben, was auch kommen mag?"

„Ja. Aber wenn etwas Schlimmes kommt, wirst du dann wieder versuchen, es von mir fernzuhalten?"

„Ich weiß nicht, ob ich dafür stark genug sein werde. Doch ich weiß, dass ich dich nie wieder aufgeben will."

Tina war von der Wahrheit seiner Worte überzeugt. „Dann werde ich dich heiraten."

Sie lächelten einander an, und Tina flüsterte: „Aloha, Liebster. Aloha für immer."

*– ENDE –*

*Emilie Richards*
Glut der Liebe
Band-Nr. 25472
7,95 € (D)
ISBN: 978-3-89941-769-2
304 Seiten

*Emilie Richards*
Das Paradies am Ende der Welt
Band-Nr. 25252
6,95 € (D)
ISBN: 978-3-89941-417-2
304 Seiten

*Emilie Richards*
Sehnsucht nach Neuseeland
Band-Nr. 25203
6,95 € (D)
ISBN: 978-3-89941-296-3
304 Seiten

*Emilie Richards*
Sommer der Entscheidung
Band-Nr. 25375
8,95 € (D)
ISBN: 978-3-89941-608-4
544 Seiten

*Emilie Richards*
All die langen Jahre
Band-Nr. 25298
8,95 € (D)
ISBN: 978-3-89941-483-7
304 Seiten

*Nora Roberts*
Entscheidung in Cornwall
Band-Nr. 25410
7,95 € (D)
ISBN: 978-3-89941-670-1
304 Seiten

2 Romane
in einem Band

*Nora Roberts*
Irische Träume
Band-Nr. 25393
8,95 € (D)
ISBN: 978-3-89941-638-1
352 Seiten